Dores, amores & assemelhados

Claudia Tajes

Dores, amores & assemelhados

L&PM EDITORES

1ª edição: outubro de 2002
4ª edição: abril de 2008

capa: Carlos Alberto Thunm
Foto da capa: Raul Krebs
Agradecimentos: Estúdio Mutantes e Arteplantas
revisão: Jó Saldanha e Renato Deitos

ISBN 85.254.1182-5

T135d Tajes, Claudia
Dores, amores & assemelhados / Claudia Tajes. -- 4 ed. --
Porto Alegre: L&PM, 2008.
148 p. ; 21 cm.

1.Ficção-brasileira-romances. I.Título.

CDD 869.93
CDU 869.0(81)-3

Catalogação elaborada por Izabel A. Merlo, CRB 10/329

Rua Comendador Coruja 314, loja 9 – Floresta – 90.220-180
Porto Alegre – RS – Brasil / Fone: 51.3225.5777 – Fax: 51.3221-5380

Pedidos & Depto. Comercial: vendas@lpm.com.br
Fale conosco: info@lpm.com.br
www.lpm.com.br

Impresso no Brasil
Outono de 2008

Para o Theo, porque ele existe.
Para a minha mãe.
Para o Nelson e a Sereia.
Para a Gisele, que não teve tempo de ler.

O INÍCIO SEGUNDO JÚLIA

No carro, os dois no mesmo banco, quando eu não podia mais dizer com certeza que pernas eram as minhas e quais eram as dele, Jonas pediu que eu chupasse um pouquinho, só um pouquinho, e eu fiquei gelada. Não por ser a primeira vez que saía com ele. A grande questão era eu ter extraído um dente de siso algumas horas antes e estar ainda com a boca anestesiada e a gengiva cheia de pontos.

Quando o celular tocou, eu na sala de espera do dentista, não me passou pela cabeça alegar falta de condições técnicas para sair. Além do prejuízo que uma extração de siso poderia causar ao meu sex appeal, Jonas era o primeiro homem por quem meus hormônios se interessavam, após longos meses de inatividade.

– Queria convidar você para sair hoje. Se você não tiver outros planos.

Eu tinha, sim, planos de ir embora chorando e deitar no escuro sem me olhar no espelho, para não enxergar o maxilar inchado e uma abertura disforme onde um dia houve uma boca. Ver o estrago sempre aumentava a minha sensação de dor.

– Eu vou adorar, Jonas.

– Então eu passo às nove na sua casa e nós vamos jantar. O que você acha?

O que alguém que vai extrair um dente nos próximos minutos pode achar de um convite para jantar? Tudo que me restava era sugerir um restaurante de sopas, apesar dos quase trinta graus de fevereiro.

– Perfeito. Não vou comer desde agora, para me preparar.

Então a secretária do dentista abriu a porta e eu afundei na cadeira, rezando para que a operação fosse breve e não deixasse seqüelas.

E que Jonas não inventasse de ir a uma churrascaria.

– Descobri por que você é tão magrinha. Você não come.

Querido Jonas, se houver uma segunda vez, você vai descobrir que eu como até demais, considerando o meu peso e a minha altura, tanto que sempre volto para casa com remorso e faço meia hora de esteira antes de dormir. Se aquela lasanha continuava intacta no prato, a culpa era do dente que, a não ser atrapalhar minha vida sexual, havia nascido sem função alguma.

– Shzabe, Onas, é que hoe eu eshztou shzem apetite.

Nem falar direito eu conseguia. Nesse ritmo, não haveria segunda vez. E os esforços dos últimos meses para deixar Jonas interessado em mim iriam para o lixo, junto com a lasanha.

Depois de três namoros sérios em sete anos e de sair com alguns sujeitos por pura curiosidade científica, conheci Jonas em uma reunião-almoço de profissionais de relações públicas. Na verdade eu o conhecia de vista, da faculdade, um dos poucos caras do meu curso. Sentamos lado a lado e, entre uma palestra sobre autoconfiança e um strogonoff com batata palha, acabamos trocando telefones. Na hora não senti nada, mas, milhares de ligações depois, tinha a certeza de que ele era o homem com quem eu dividiria a minha previdência privada.

Jonas não era alto, nem forte, nem bronzeado, exatamente o meu tipo. Educado, falava baixo e dizia coisas divertidas. Lembrei dos meus tempos de colégio, quando eu sempre gostava dos meninos mais engraçados da turma. Estar naquele curso com Jonas era quase uma volta às aulas e às minhas primeiras aventuras: Renato, Márcio, Mauro, Moisés, os gêmeos Paulo e Saulo, Marcelo, Heitor. Ou seria Nestor? Eu precisaria da lista de chamada para lembrar com clareza.

Até o amor de Jonas por outra eu achei lindo. Ele namorava uma garota há oito anos e se dizia completamente apaixonado. E um cara que continua encantado depois de freqüentar a família da mulher e ver o cabelo dela sem escova é sempre digno da minha admiração. Já a namorada de Jonas também mostrou ser uma romântica. A garota viajou atrás de um sul-africano que conheceu pela internet e foi nos meus ouvidos que Jonas chorou seu abandono.

– Um sul-africano. Ainda se fosse um queniano, um senegalês, mas ela me trocou por um branquelo sul-africano, Júlia. Vai ver, até, adepto do apartheid.

– Sei lá, Jonas, talvez ele seja uma boa pessoa. Não seria melhor a gente se encontrar, em vez de ficar discutindo a relação de vocês pelo celular?

– Eu não quero ver ninguém, eu só quero que você me diga. Você daria para um sul-africano, Júlia?

Jonas ainda ligou outras centenas de vezes até passar do mais sentido desespero à aceitação de haver perdido a mulher para um seguidor de Nelson Mandela.

– Ele é pró-apartheid, Júlia.

De tanto atender Jonas, acabei descobrindo meu talento para o telemarketing. Eu era capaz de ouvir os maiores absurdos sem perder a calma, agüentar as repetições dele com paciência, manter a voz inalterada mesmo quando ele dirigia sua raiva injusta contra mim.

– Você também é culpada, Júlia. Você deveria ter me avisado que toda mulher entra em chat de namoro, um dia.

Às vezes eu insistia com Jonas para que nos encontrássemos fora do telefone.

– Por que a gente não sai para conversar direito?

– Mas faz duas horas que a gente está conversando. Não está sendo bom para você, Júlia?

– É bom, mas podia ser melhor.

– Melhor que estar cada um atirado no seu sofá?

– Pense, Jonas. Você podia estar sentado comigo agora, ouvindo a minha voz sem nenhum fio no meio, eu sentindo o seu cheiro.

– Não existe fio no meio, Júlia. Nós estamos no celular, lembra? E quanto ao cheiro, bem, eu não tomei banho depois do tênis.

– Você venceu, Jonas. Fica cada um no seu sofá.

De qualquer maneira, eu ainda acreditava na possibilidade de um encontro. E me preparei para isso.

Fisicamente eu não estava tão mal. É verdade que a celulite não parava de aumentar de um ano para o outro, mas estávamos apenas no início do outono. Eu teria alguns meses antes de enfrentar um biquíni, tempo para voltar à academia e dar início à estimulação russa, tratamento anunciado como milagroso na estética perto da minha casa. Pelo nome, devia ser a salvação de dez entre dez russas flácidas.

Também comprei um pouco de sedução em cinco

vezes no cartão de crédito: saias curtas, miniblusas e pelo menos uma calça tão justa que me obrigou a atender um cliente de pé, no escritório. Eu estava pronta para ser vista por Jonas e então, tanto tempo depois da reunião-almoço, ele decidiu me encontrar. Se demorasse mais alguns segundos, teria que pedir ao dentista que afastasse o bisturi para eu atender.

– Só um pouquinho, vai. Eu gosto tanto.

Jonas não estava brincando quando pediu que eu chupasse. Surpreendentemente para alguém tão delicado, ele começava a empurrar minha cabeça em direção à parte mais meridional do seu corpo. Nunca pensei que Jonas fosse do tipo que empurrava alguém para seus objetivos. Restava revelar tudo que havia acontecido no consultório do meu dentista ou aceitar o destino.

Eu aceitei.

Supondo que a maioria das pessoas saiba como funcionam essas coisas, digo apenas que tomei muito cuidado para não passar nem perto da cavidade onde um dia houve um siso. Quarta-feira, na terapia, eu discutiria longamente a minha necessidade de manter uma imagem sexualmente agressiva, mesmo após uma cirurgia dentária.

Eu já estava com cãimbra e nada. Tomara que Jonas não fosse como um namorado que tive, o Rudi. Se não fosse o risco de ofendê-lo, eu poderia ligar a televisão e assistir a um filme inteiro enquanto o Rudi parecia sofrer uma síncope em cima de mim. Após um longo tempo, Jonas acabou desistindo. Fazemos depois, ele disse. Voshzê não perde por eshzperar, eu respondi.

O beijo na porta foi rápido.

– Entre logo, Júlia. Amanhã eu ligo.

Era o começo da minha espera mais triste por um telefonema.

O INÍCIO SEGUNDO JONAS

Júlia esteve calada e distante durante o jantar inteiro. Nem parecia a mesma pessoa que passava horas comigo ao telefone, e que nunca queria parar.

– Bom, Júlia, meu ouvido está pegando fogo. Amanhã a gente continua.

– Você não é mais o mesmo, Jonas. Vai desistir na melhor parte. Agora que eu ia contar quando cheguei bêbada e fiquei com o porteiro do meu prédio.

E tudo recomeçava e, apesar do ouvido queimando, eu não queria mais desligar. Quanta diferença da Júlia ao vivo e sem graça de hoje.

– Você está estranha, Júlia.

– Imaine, Onas. É que eu shzempre medidto na hora dashz refeishzõeshz.

Pelo telefone eu não notava, mas pessoalmente Júlia tinha um defeito na articulação das palavras. Lembrei de um colega de faculdade, Nico, atual porta-voz de um político. Alguma coisa na maneira de Nico falar dava a impressão de que havia uma bala de goma eternamente grudada na gengiva dele. Sempre que Nico declarava alguma coisa em nome do político, algum jornalista fazia uma piada.

– Se não vai engolir, cospe logo.

Mas eu não me importaria com o jeito de Júlia falar, se ela falasse. Em vez disso, meu monólogo se fez ouvir tristemente durante o jantar inteiro e parecia que Júlia esperava o cafezinho e a conta com a mesma ansiedade que eu.

Fui formalmente apresentado à Júlia em uma reunião-almoço do Sindicato dos Relações Públicas. Eu a conhecia de vista, da faculdade. Ela andava sempre com um bando de outras garotas e, até aquele dia, eu nunca havia me interessado o bastante para tentar uma aproximação. O palestrante, um desses especialistas em fazer todo mundo rir e chorar conforme ia contando histórias supostamente verídicas, exemplos da vida alheia a serem aplicados nas nossas próprias, propôs que cada um desse a mão para o colega do lado e contasse a ele uma grande intimidade. Entre passar por esse constrangimento com a senhora dos seus sessenta anos que estava à minha direita, fui tratando de pegar a mão da moça morena da esquerda.

– Prazer, Júlia. Eu trabalho na NM Associados.

– Oi, Júlia. Eu sou o Jonas e tenho um escritório em sociedade com um amigo.

– Você conta a sua intimidade primeiro, Jonas.

De mãos dadas com uma desconhecida, revelei o plano de casar em dezembro com Marina, minha namorada há oito anos. Júlia fez algumas perguntas e se mostrou espantada por eu me dizer ainda apaixonado, tanto namoro depois. Na hora de abrir seus segredos para mim, Júlia contou que estava sozinha porque tinha se decepcionado com os homens e preferia isso a sair com qualquer um e etc.

– Hum. Não é uma intimidade muito original. Acho mesmo que todas as suas companheiras estão falando a mesma coisa, nesse momento.

De fato, dava para sentir um clima de muro das lamentações no ar. A intimidade das minhas colegas relações-públicas não andava muito movimentada, a se julgar pelo desânimo geral.

– Sabe o que eu acho, Júlia? As mulheres ficam muito tempo se queixando dos homens e pouco tempo preocupadas em ser interessantes. Para os homens e para o mundo.

– É machista, mas faz sentido.

Só então notei que apenas Júlia e eu continuávamos de mãos dadas. Todos os outros já estavam fazendo um novo exercício, encostados e deitados no chão para sentir as vibrações dos colegas.

– Mais um pouco e isso vira putaria.

– Deite perto de mim, Jonas. Não quero sentir as vibrações daquele cara de terno cor-de-vinho.

– Não me diga que você vai eliminar o cara só por causa do terno.

– Jonas, terno cor-de-vinho não e ponto final. E deite logo aqui, que ele está vindo na minha direção.

Trocamos telefones e combinamos de trocar também tecnologias. Eu daria a Júlia a minha visão sobre o que os homens esperam das mulheres e ela me abasteceria de conselhos para manter minha namorada apaixonada por muitos e muitos anos.

Assim Júlia e eu começamos uma bela amizade por telefone, que crescia junto com a conta no final do mês. Ao primeiro sinal de tédio ou solidão, se um de nós estava mal, ou se estava bem, se acontecia alguma coisa, ou não, só havia uma coisa a fazer: ligar para o outro.

– Você não vai acreditar, Júlia.

– O que foi agora?

– Sabe a minha calça quarenta e dois que não fechava mais?

– A preta com os pespontos amarelos, que você adora?

– Essa. Ela fechou, Júlia.

– Que maravilha, Jonas. Eu sei bem como você está se sentindo.

– Cheguei a chorar quando entrei na calça, Júlia. Mas não conte isso para ninguém, ou eu posso ser mal interpretado.

Com Júlia eu podia falar sobre tudo, e falava. Quando a grande desgraça aconteceu, minha primeira reação foi discar o número dela.

– Marina me deixou.

– Como assim, Jonas? Ela é louca por você.

– É mais louca por um sul-africano que conheceu pela internet.

Sob o título Comunicado, minha eterna namorada Marina encerrava, com um e-mail, nossos oito anos de relacionamento, alegando que só se vive uma vez e a chance dela seria usada na África do Sul, ao lado de um certo Tobi.

– Marina conheceu o branquelo em um chat. Por que você não me avisou que isso podia acontecer, Júlia?

Eu definitivamente não sou o tipo de cara que se faz de indiferente para mostrar que é homem. Por isso sofri tudo o que tinha direito, chorando meu abandono vinte e quatro horas. O telefone e Júlia foram fundamentais nesse período.

– Você não vai acreditar, mas hoje eu não estava sofrendo quando acordei.

– Eu acredito, Jonas. Você nem notou, mas faz cinco meses que você só chora e se lamenta. Sabe quando a gente vomita até não sobrar nada, mas continua precisando vomitar? Acho que foi o que aconteceu com você. Agora tome um banho, fique bem bonito e me convide para sair, qualquer dia desses.

Foi o que eu fiz e agora estamos aqui, Júlia e eu, no mesmo banco do carro, numa confusão de pernas e braços e mãos e saliva que eu quase não consigo saber o que pertence a quem. Ela continua quieta, mas me abraça forte e geme bastante, principalmente quando eu exploro a sua boca inteira com a minha língua. Antes de tudo começar, eu havia jurado a mim mesmo preservar o decoro e não passar de um amasso nesse primeiro encontro. Mas talvez fosse melhor não confiar nas promessas de um sujeito que estava sem mulher há cinco meses.

– Vamos para a minha casa, Júlia.

– Hoe não, Onas. Prefiro eshzperar unshz diashz.

– Mas você já me conhece há tanto tempo. Não quer me conhecer melhor ainda?

– Eu quero muito, eu shzonho com ishzo, mashz é que tenho um compromishzo amanhã shzedo.

– Que malvada você é, Júlia. Só me resta pedir um beijinho de despedida.

Teria que ser menos sutil. Júlia me beijou com capricho, mas não onde eu esperava. O jeito foi dizer o que eu queria e, como Júlia demorasse a tomar uma atitude, resolvi facilitar as coisas para nós dois, empurrando a cabeça dela na direção certa.

Júlia fez minha vontade sem nenhum entusiasmo, só para me agradar. Talvez pensasse em algum relatório a ser apresentado, enquanto deixava a boca no piloto automático. Lembrei das histórias picantes que ela me contava sobre ela mesma. Propaganda enganosa, esse era o nome para o que estava acontecendo agora.

Nem pensando em uma loira siliconada de fio dental dançando o tchan no meu quarto eu conseguiria terminar com aquilo. Desisti e puxei Júlia para cima. Logo eu estacionava na frente do prédio dela, acompanhando-a até a porta. Nunca imaginei que fosse possível tanto constrangimento entre nós.

– Entre logo, Júlia. Amanhã eu ligo.

Eu sabia que não ia ligar e tinha quase certeza de que Júlia também preferia assim.

O DIA SEGUINTE PARA JÚLIA

Nenhum ponto arrebentado, nenhum sinal de inflamação, nada de seqüelas. Tudo está bem quando termina bem, é o que dizem os otimistas.

Mal podia esperar para ver Jonas novamente. Talvez eu devesse ter contado da extração e então ele me acharia apenas repulsiva e não estranha, como ficou repetindo durante todo o jantar. Mas não é fácil dizer algo assim para o cara a quem se deseja impressionar. Hoje, quase recuperada, queria mostrar a ele do que eu era capaz, o que incluía dar muitas risadas e convidá-lo para um rodízio de pizzas.

Não liguei durante a manhã para não me mostrar ansiosa e isso caracterizava uma mudança para pior nas nossas relações. Se este fosse um sábado normal, eu já teria ligado para Jonas umas três vezes, no mínimo.

Quando o telefone tocou perto do meio-dia, quase não consegui dizer alô, de tão nervosa. Tentei ser rouca e sexy, mas acabei passando por afônica.

– Júlia? Você está com dor de garganta?

– Oi, Gus. Eu estou ótima.

– Então pego você para almoçar em quinze minutos.

Meu irmão almoçando comigo no sábado só podia significar uma coisa: a mulher que ele considerava definitiva, pelo menos até ontem, acabava de virar ex.

– Você não precisava ter tatuado o nome dela tão grande.

– É que era para ter sido para sempre.

Na peito de Gus, um nome, Dora, atravessava um sol enorme, invadia algumas rosas e terminava como uma flecha, apontando para a virilha.

– Isso é lindo, Gus. O problema é que você está virando um catálogo telefônico. Olhe o que tem de nome de mulher tatuado no seu corpo.

Renata, Tetê, Deni Love, Su, Maria Helena e Val. Aos vinte e poucos anos, meu irmão tratava cada namoro como se fosse o último. Ele sempre ia morar com cada nova garota por quem se apaixonava, não sem antes jantar com os sogros e pedir a mão da filha em concubinato. Nesse jantar, já aparecia com o nome da escolhida tatuado em alguma parte estratégica do corpo. Os primeiros rompimentos foram acompanhados de tentativas para remover as tatuagens: laser, raspagem e outras técnicas que nem desconfio. Com o tempo, porém, Gus parou de se preocupar com isso e foi acumulando marcas de amores passados pelos braços, pernas, tórax, pescoço, costas e outros lugares que nem desconfio.

– Não adianta apagar por fora o que eu nunca vou apagar dentro de mim.

Gus era um romântico de verdade, o que explicava um pouco do sucesso dele com as garotas. E era também um rapaz bonito que pintava maravilhosamente e fazia poemas. Eu podia prever muitos nomes de mulheres tatuados ao longo do meu irmão durante a vida.

– Mas dessa vez não tem problema. Elas têm o mesmo nome.

Assim eu fiquei sabendo que Gus, namorado de Dora, tinha se apaixonado por uma segunda moça chamada Dora.

E que havia revelado a nova paixão na noite anterior, o que tornava necessária uma ida ao supermercado para repôr as louças, copos e demais vidros da casa.

– Ela quebrou tudo, Júlia. Nem os porta-retratos escaparam.

A Dora Dois era professora de inglês da Dora Um. As aulas eram a domicílio, aos sábados. A Dora Um demorava a aparecer e Gus ficava fazendo sala para a professora.

– Não sei como aconteceu. Quando eu vi, não podia mais viver sem a Dora Dois.

– E a Dora Um?

– Está almoçando agora com a Dora Dois para resolver a situação.

Nunca consegui entender essas pessoas que marcam um almoço para discutir assuntos graves. Imagine a Dora Um chamando a Dora Dois de vadia com um grão de feijão no dente. Perdia toda a razão.

Gus não podia voltar para o próprio apartamento tão cedo, não enquanto a Dora Um continuasse lá.

– Posso ficar na sua casa, Júlia? Serão poucos dias, eu prometo.

Logo hoje que eu pretendia seqüestrar Jonas sem pedir resgate. Como não fazia parte dos meus métodos deixar um irmão na rua, instalei Gus no sofá da sala, entre o abajur e a estante. Quatro da tarde e a Dora Dois, que até então eu não conhecia, bateu na minha porta chorando. Encerrado o almoço com a rival, ela agora precisava de carinho e tranqüilidade para se recuperar. Emprestei meu quarto para Gus consolar a garota e assim terminei no sofá da sala, entre o abajur e a estante, enquanto durou a estadia do casal no meu apartamento.

Saí para o cabeleireiro com a certeza de que Jonas ligaria a qualquer instante. Mantive os olhos fixos no celular, com medo de não ouvir a chamada que estava por chegar. Entre cabelo, unhas, massagem e depilação, gastei horas ouvindo conversas que não me interessavam e sabendo em detalhes todos os vestidos que apareceriam na coluna social da segunda-feira. Quando não restava mais nada a fazer ali e antes de sucumbir a uma sessão de bronzeamento artificial, paguei uma fortuna pelos serviços de restauração da minha aparência humana e decidi esperar pelo telefonema de Jonas na casa da minha mãe.

– Júlia, você não quer jantar?

– Jonas, você está me convidando para jantar?

– Júlia, querida, é a mamãe. Você está na minha casa, lembra? Dormiu enquanto a gente conversava. Ficou tarde, vim ver se você não quer jantar.

Eu havia dormido esperando o telefonema de Jonas. E tinha agora os trinta reais investidos em uma escova lisa completamente amassados na cabeça.

– O celular deve ter tocado e eu não escutei.

– Não tocou, filha. Eu fiquei controlando para você.

O celular não tocou, por isso eu não escutei. Passava das nove e o tempo de Jonas estava terminado. Agora eu mesma ligaria para ele.

– Caixa postal de Jonas Pires. Após o sinal, deixe a sua mensagem.

A secretária eletrônica de Jonas me atendeu com a frieza de todas as secretárias, as humanas e as eletrônicas. Deixar o recado foi muito mais doloroso que a chupada com a gengiva cheia de pontos, até porque eu estava anestesiada, naquela ocasião.

– Oi, Jonas. É a Júlia. Puxa, desde que a gente se conhece, hoje foi o primeiro dia que eu passei inteiro sem falar com você. Queria contar uma coisa sobre ontem, você vai achar engraçado. Me liga. Pode ser a qualquer hora. Beijo. Liga mesmo.

Não jantei pela segunda noite consecutiva, desta vez por falta de apetite. E nem que quisesse eu poderia comer: uma dor vinda de algum lugar entre o coração e a alma subia pela garganta e engasgava antes de chegar na boca. Era tristeza como eu não lembrava de ter sentido, eu que sempre fui dramática para essas coisas. As horas passaram sem Jonas ligar e, aos poucos, o nó que me sufocava acabou virando água, muita água, uma tormenta que levou com ela a minha maquiagem e as minhas esperanças.

O dia seguinte para Jonas

Meio dormindo, entre uma virada na cama e outra, eu não parava de pensar. Jonas, que merda.

Há vinte e quatro horas eu tinha uma amiga, a única amiga de verdade que tive na vida, contrariando totalmente a máxima de que não existe amizade sem segundas intenções entre um homem e uma mulher.

Mas Júlia era uma boa amiga, alguém com quem eu podia conversar, contar minhas piores coisas e dar boas risadas. Se não fosse ela, até hoje eu estaria pelos cantos, chorando a perda de Marina. Júlia me ouviu, me entendeu, disse a coisa certa na hora certa, chamou Marina de galinha sem-vergonha quando foi preciso chamar. E eu acho que retribuí escutando todos os enganos dela com os piores tipos de caras, e tentei ajudar dando os palpites e conselhos de quem conhece os cafajestes com a autoridade de ter nascido um deles.

Júlia foi minha melhor amiga, pelo menos enquanto tudo esteve no plano telefônico. A voz dela era suficiente para eu não me sentir sozinho e a imagem importava tão pouco que eu mal tinha registro do seu rosto ou do seu corpo. Até vê-la entrar no carro com aquelas roupas justas e curtas e diáfanas, em pleno gozo dos seus direitos ao se vestir assim.

– O que você eshztá olhando?

– Sei lá, Júlia. Eu tinha esquecido que você era tão... voluptuosa.

A aparência de Júlia foi fundamental para desvirtuar a nossa amizade. Eu preferiria que ela se materializasse, tantos meses depois da reunião dos relações-públicas, na forma de uma nerd para quem o físico não valia nada. Ou como uma gordinha redonda e extrovertida, mas nesse caso eu também teria problemas. Era só lembrar de Ângela.

Ângela foi a garota mais encantadora que encontrei em toda a escola, incluídas aí as segundas épocas e as repetências. Loira de cabelos compridos e cacheados, sabia matemática como ninguém e me deixava colar nas provas e trabalhos. Ângela era tão talentosa para dar cola como para aprender as lições, e posso dizer que eu jamais teria saído do primário, se ela não gostasse de mim.

Eu devia ser o primeiro menino por quem Ângela se interessava, lá pelos seus oito ou nove anos. E bem que eu gostaria de ter correspondido ao interesse, sentado na mesma classe e ficado junto no recreio, se os outros garotos não estivessem sempre por perto. Acontece que Ângela era gordinha, de uma gordura delicada e graciosa, de criança que ainda não cresceu. Mas os nossos colegas não tinham a menor sensibilidade para perceber isso e assim que nos viam passar, começava a gritaria.

– Olha o Jonas e a Baleia!

No início eu tentei ignorar. Depois veio a fase em que ficava furioso e partia para cima de quem falasse aquilo. E finalmente eu me afastei completamente de Ângela, a não ser nos dias de prova, quando sentava ao lado dela para colar as suas contas bem feitas.

Hoje eu sei que fui tão estúpido quanto os meus colegas. Mas aos nove anos um garoto quer ficar famoso por saber brigar e fazer gols, e não por andar com a baleia da escola.

Ângela nunca deve ter entendido o que aconteceu. Lembro dela tentando conversar comigo, como sempre conversava antes da aula e no intervalo e no meio e no fim. Nas poucas vezes em que eu respondia, Ângela me dava seu melhor sorriso e parecia perdoar toda a indiferença dos últimos tempos, exatamente como mais tarde eu veria as mulheres adultas fazendo.

Mudei de escola e nunca mais soube dela. Às vezes sinto vontade de procurá-la, saber se continua gordinha, se ainda tem os cabelos cacheados. Já pensei até em contratar um detetive particular e aparecer de surpresa, casar, ter muitos filhos gordinhos e assim me desculpar por tudo que acho que fiz. Mas essa é uma fantasia, como Ângela também é e Júlia devia ter permanecido.

Eu precisaria falar com Júlia mais cedo ou mais tarde. Mas ia esperar pelo mais tarde. Ela ficar muda durante o jantar inteiro e me chupar entusiasmada como uma esposa depois de trinta anos de casamento não eram razões tão fortes para eu desaparecer eternamente, embora justificassem meu sumiço por uns dias.

Expulsei Júlia da minha cabeça e tratei das tarefas do sábado, a louça acumulada, as roupas espalhadas pela casa, o supermercado, o lava-rápido. O celular tocou enquanto seis homens de macacão lavavam meu carro tão rapidamente quanto eles consideravam possível. Dois segundos de pânico: e se for Júlia? Relaxei ao ver o número do meu vizinho Nelson no visor.

– É uma amiga, a Bel. Quer conhecer você. E eu quero conhecer a amiga dela, Cris. Posso marcar com as duas no cinema?

Se tem coisa melhor para esquecer uma mulher que outra mulher, alguém me diga. Resolvi encontrar a tal Bel e deixar que o tempo resolvesse o mal-entendido entre Júlia e eu. Então poderíamos retomar a nossa amizade telefônica, bruscamente interrompida por um jantar entediante e uma chupada frustrada.

Uma mensagem dela pedia que eu ligasse. Queria me contar alguma coisa engraçada sobre ontem. Como nada foi engraçado ontem, ignorei o recado. Em alguns dias, prometi à secretária eletrônica, em alguns dias eu procuraria Júlia.

Não que eu achasse certo o que estava fazendo. Eu apenas não sabia outra maneira de fazer.

A VIDA CONTINUA PARA JÚLIA

Jonas não ter ligado no sábado não chegava a ser uma tragédia. Bem pior era a situação da minha amiga Helena, que acabava de ser abandonada com dois filhos pequenos. Antes de desaparecer, o marido deixou na portaria uma menina de sete anos, filha dele com uma ex-empregada da família. Cuide da Nanda como se fosse sua, dizia o bilhete que acompanhava a criança.

Jonas não ter ligado no sábado significava algum imprevisto, o que é muito aceitável, até. Quantas vezes o carro estraga ou um parente aparece de surpresa ou o chefe chama para um trabalho fora de hora? Eu só precisava ligar novamente e tudo estaria bem.

Mas o celular continuava na secretária eletrônica. Só se ele tivesse esquecido o aparelho em algum lugar, do jeito que esses telefones são pequenos hoje, nada é mais fácil de acontecer. Eu não trabalhava com a hipótese de Jonas não querer falar comigo porque essa hipótese simplesmente não existia. Não entre nós dois.

– Eu acho que ele não quer falar com você. Vai ver tem medo de se comprometer, essas coisas de homem que eu não tenho.

Em casa, chorando no colo do meu irmão, com a nova namorada dele tentando encontrar na cozinha os ingredientes para me fazer um chá calmante, terminei por aceitar o destino. Jonas não ia me procurar, nem atender meus recados. Jonas não gostou de mim e nenhum homem procura uma mulher para dizer que não gostou dela. Se gostando eles muitas vezes não voltam, imagine sem gostar.

Viver todos esses anos comigo mesma acabou por me ensinar uma lição: eu superava relativamente tudo que arrasa com uma pessoa, brigas com os pais, traições de amigas, ciúme dos namorados, decepções no trabalho. Não que não sofresse, apenas conseguia sair relativamente inteira de situações assim. Mas a rejeição, essa eu teria que nascer outra vez para aprender a suportar.

A semana se arrastou sem sinal, nem notícias. Acostumada a ligar milhares de vezes por dia, eu continuava cheia de assuntos que apenas Jonas poderia entender. Perguntas que apenas Jonas saberia responder. Piadas que fariam qualquer um chorar, menos Jonas. Tudo isso valia mais uma tentativa, e eu tentei. Na quarta-feira, antes da terapia, deixei outro recado na secretária eletrônica. Meu irmão apostou que dessa vez funcionaria e eu apostei que não, valendo um litro de rum. Se era para descer, que fosse no degrau mais baixo, como inspirava meu ídolo literário cubano, Pedro Juan Gutiérrez. Ganhei a aposta e, depois de esvaziar a garrafa com Gus e a Dora Dois Que Agora Era Um, vomitei a alma e deitei disposta a começar vida nova.

Era só a cabeça parar de doer.

Dentro do novo projeto Adeus Jonas, Alô Homens, eu vinha fazendo alguns esforços, até o momento sem sucesso, para me interessar por alguém. Gus tentou me apresentar alguns amigos, mas eram todos muito mais novos e muito mais roqueiros que eu. Foi então que a NM Associados contratou um novo assessor de imprensa. Além de jornalista, ele escrevia livros infantis e isso só podia ser o indicativo de uma boa pessoa.

Mas nem só de beleza espiritual se faz um escritor para crianças. Meu novo colega também era um tipo atraente, como demonstravam as funcionárias da empresa, sempre em volta da mesa dele na esperança de protagonizar uma daquelas histórias para moças com sinos e beijo no final.

O que absolutamente não combinava com o assessor e escritor era o nome. Turíbio Fortuna Neto. Se o avô não deixou uma fortuna para justificar o ato, terá sido uma grande maldade dos pais colocar tal nome no então bebê Turíbio. Não dava para imaginar como alguém, ao pegar no colo um recém-nascido rosado e gordinho, pudesse sentenciar: vai se chamar Turíbio. Ou quem sabe o bebê quase morreu no parto e a mãe, devota de São Turíbio, prometeu chamar o filho assim para salvar-lhe a vida. Precisaria ver com a minha mãe se existia algum São Turíbio.

Não havia apelido que atenuasse aquele nome e, por não saber como tratá-lo, eu ainda não tinha me apresentado. Talvez eu pudesse simplesmente dizer, prazer Turíbio, eu sou a Júlia, mas ser dona de um nome tão sonoro e simples e agradável como o meu me deixava culpada em relação a ele.

O problema foi resolvido na comemoração dos aniversários do mês. Todos reunidos em volta do bolo de sempre, nosso diretor-superintendente gritou, do outro lado da sala.

– Clarice, Cida, Júlia, vocês já conhecem o Neto?

Como eu não pensei nisso? Socialmente, Turíbio era Neto, seu título de descendência, um pouco de bom-senso diante da desgraça daquele nome.

– Prazer, Neto, eu sou a Júlia.

– Já ouvi falar muito bem de você, Júlia.

– É mesmo? Aposto que foi minha supervisora.

– Não exatamente. Foram os motoristas e os boys.

– E o que eles falam?

– Que você é a mulher mais bonita que trabalha aqui.

Ponto para você, Neto. Dizer que o pessoal da expedição me considerava bonita, no momento em que minha auto-imagem jazia sem paz devido ao episódio Jonas, conquistou para sempre minha simpatia.

– E também dizem que você é a mais gostosa.

Teria que mandar um memorando agradecendo aos rapazes. Seria educado também enviar algumas flores, com um cartão bem caprichado. Eu, a mulher mais gostosa da NM Associados. Se Jonas soubesse disso, ia rir na minha cara.

– Neto, você deve estar enganado. Não pode ser de mim que eles falam.

– Eu teria que ver melhor, antes de concordar com eles. Mais tarde, quando a gente for jantar.

Turíbio era sexualmente agressivo, do tipo que eu apreciava nos meus bons tempos, há um mês. Pena conhecê-lo justo quando me tornei sexualmente defensiva. Agora, para mim, jantar lembrava fracasso. E eu imaginava uma coisa mais leve para esta noite.

– Hoje eu não posso, obrigada mesmo, a gente combina outro dia.

Gus achou que eu devia ter saído com Turíbio, ou melhor, Neto. Já a Dora Dois Que Agora Era Um faria o mesmo que eu.

– Dê tempo ao tempo e você acaba dando para ele, Júlia.

Desde Jonas, essa foi a primeira noite em que dormi sem choro, nem remédio. Ainda era cedo para ter certeza, mas algo me dizia que meu ego começava a sair da UTI.

A vida continua para Jonas

Eu nunca considerei sair com uma mulher que tivesse o pé maior que o meu até Nelson me apresentar Bel.

Bel era a mulher mais volumosa que eu já havia conhecido. Não que fosse gordinha como Ângela, e eu jamais poderia chamar de gordinha alguém com aquele porte. Bel era compacta, para cima e para os lados, uma fortaleza musculosa que devia chegar fácil ao metro e oitenta e tantos.

– Mas de onde você tirou essa jogadora ucraniana de basquete?

– Fique calmo. Ela é um doce.

Nelson, meu vizinho, funcionava para mim como uma inspiração na porta ao lado. Era o tipo de cara irresistível para as mulheres, o que tornava o entra-e-sai constante no apartamento dele. E, imagino eu, nas visitantes também.

Ex-arquiteto que virou pintor e terminou crítico de cinema com coluna diária no jornal, Nelson falava sobre qualquer assunto: cinema, música, literatura, artes, esportes e escândalos da política. Sexo também é cultura: as mulheres adoravam ouvir Nelson e, que eu me lembre, ele nunca voltou para casa sozinho, quando assim o quis.

Foi observando a alta receptividade de Nelson que eu concluí: não existe preliminar melhor que uma boa conversa. E foi em busca do sucesso que ele fazia que acabei me tornando um sujeito mais interessante, mais culto e informado e preocupado em saber. A própria Júlia notou, ainda na reunião-almoço onde nos conhecemos.

– Você gosta de papo-cabeça. Incrível.

Eu me divertia com papo-cabeça, o que contava para ser considerado incrível por grande parte das mulheres. Não tão incrível quanto Nelson, claro. Se eu não tivesse gastado oito anos da minha vida exercendo meu magnetismo e encanto pessoal exclusivamente com Marina, a namorada que me deixou por um sul-africano qualquer, eu poderia alcançar hoje a mesma cotação que o meu vizinho no mercado.

Mas neste momento eu não me mostrava muito magnético. Quando Nelson me apresentou Bel, quase troquei os dois beijinhos protocolares por uns bons tapas nas costas dela, como se faz ao conhecer um camarada. Depois, na saída do cinema, caminhando ao lado da garota, tive consciência do quanto a estatura-padrão do homem brasileiro é pequena. Foi aparecer uma mulher um tanto mais crescida para eu me transformar instantaneamente em um baixinho.

– E você faz o que, Bel?

– Eu sou professora em um jardim-de-infância. Mas meu sonho é ser cantora.

Em menos de uma hora descobri em Bel uma das mulheres mais delicadas que já havia conhecido. Ela era sensível, engraçada, simpática, a companhia perfeita para passar a noite conversando. E só.

– E aí, não vai levar a Bel para beber alguma coisa na sua casa?

– Um homem tem que saber até onde ir, Nelson. Não tenho saúde para tudo aquilo.

– Eu não acredito. Você vai se assustar com o tamanho da Bel?

– Eu imaginava uma coisa mais leve para esta noite.

– Você só pode estar brincando. Uma garota daquelas, que ainda por cima vai cantar Tom Jobim para você quando tudo terminar, e você diz não por causa de alguns centímetros.

– Outro dia, Nelson, outro dia. Siga seus planos com a outra garota, que eu dou uma carona para o mulherão.

– Às vezes eu acho que você precisa crescer um pouco, Jonas.

– Vou crescer. Um meio metro. Depois eu como a Bel.

Acabei saindo com a Bel alguns dias depois e foi mesmo bom, como Nelson havia garantido. Isso era, aliás, uma coisa que me perturbava. Meu amigo estava sempre disposto a me apresentar muitas garotas, todas ótimas e já passadas pelo controle de qualidade dele. Supondo que eu me interessasse a sério por alguma, previa problemas no futuro. Quando saíssemos com Nelson e sua namorada da vez, ele teria cem por cento de aproveitamento com as mulheres da mesa, idéia que não me agradava. E se eu casasse, então, o caso seria mais grave. Nelson, com certeza meu padrinho, já teria comido a noiva e provavelmente as aias. Era melhor não pensar em compromisso com as mulheres que ele me apresentava.

Júlia deixou mais dois recados na minha secretária eletrônica, que eu não respondi por não saber a resposta. Retomar nossas relações de onde havíamos parado não me parecia uma boa idéia.

– Júlia, o que mesmo você falava antes de me chupar? O aniversário da sua colega Arlete. Comece a contar agora, a festa foi boa?

Então resolvi que era hora de tirar merecidas férias e essa decisão me salvou de enfrentar Júlia tão cedo. Eu ficaria um mês fora, alguns dias em Los Angeles e muitos na Europa.

– Quer dizer que eu vou ficar trinta dias sem ver você?

– Trinta e quatro, para ser mais exato, Bel.

– É muito tempo. Eu vou morrer de saudade.

– Querida, agora saia de cima de mim para eu poder respirar um pouquinho.

Era uma grande garota, a Bel, e não só no tamanho. Estava gostando daquela experiência com uma mulher que era excesso em tudo, no que comia, no que falava, no que fazia comigo. Bel não era recomendada para menores.

A primeira vez que fiquei com ela foi depois de um filme alemão sobre troca de casais, onde até o cachorro da família participou da festa. A mão de Bel começou a subir pela minha coxa com tanta naturalidade que, quando finalmente chegamos ao meu apartamento, eu já tinha feito três paradas estratégicas no caminho para ser seviciado por ela. Na entrada do prédio, julguei ver Bel olhando com interesse para Xereta, o fox terrier da vizinha do cento e três, mas talvez fosse apenas impressão.

A partir daí nunca mais se passou um dia sem que Bel me surpreendesse com alguma variação. Os mais inocentes objetos da casa assumiam novos e inesperados papéis. Livros, almofadas, o lustre da sala, o capacho da porta, maçanetas em geral e utilidades de tamanhos e finalidades diversas eram, agora, os parceiros mudos das nossas noitadas. Não imagino onde e com quem uma garota tão inocente podia ter aprendido tudo aquilo, e isso não me preocupava. Eu apenas ia arquivando cada novidade à espera da grande oportunidade para colocá-las em prática: a minha viagem.

Parti em uma manhã sem sol levando só uma mochila, para relembrar os tempos em que eu decidia sair pelo mundo e saía. Bel insistiu em me levar ao aeroporto e foi devidamente avisada para não fazer cena na porta do embarque. Nem beijo na boca eu queria, para não parecermos aqueles namorados que se despedem romanticamente até em ponte aérea. Para não parecermos namorados, em última instância.

No avião, a aeromoça perguntou se eu tinha alguma restrição alimentar.

– Tenho restrições à comida de avião.

Deitei a poltrona o bastante para ficar com as costas em arco e doendo e me preparei para dormir. No bolso, o bilhete de Nelson com os endereços de amigas dele em seis países.

Júlia ataca novamente

– Queria pedir desculpas se fui inconveniente com você naquela noite.

– Claro que não foi, Neto. Eu é que não estou passando por uma fase muito boa.

– Só a sua fase não é boa, Júlia. O resto todo está perfeito.

O que me levou a convidar Neto para este jantar foi a sinceridade com que ele parecia falar bem de mim, com uma média de um elogio a cada trinta segundos. E eu acreditava em cada palavra. Um escritor de histórias infantis não conseguiria simular tanto.

– Agora fale um pouco de você. Da sua namorada.

– Sem namoradas, Júlia. Eu estou dando um tempo nessa parte.

Neto disse que começava agora a se recuperar de uma grande decepção. Ouvir a história dele era uma forma de não contar a minha.

– Fale tudo, Neto. Estou aqui para ouvir você.

– Não dá mais. Acho melhor a gente terminar aqui.

Ela disse isso lavando a louça, Júlia. Podia ter dito durante o jantar, seria um pé na bunda com mais solenidade.

Não. Disse colocando o detergente na esponja, irritada porque o frasco sempre deixava cair mais do que ela queria.

– Eu já disse para você não comprar mais essa marca, Neto. Vou demorar um ano para tirar toda a espuma.

Quando você é louco por uma mulher, louco mesmo, não sendo daquele tipo de cara que fica dando demonstração de amor em público e paparicando e acompanhando para lá e para cá e fazendo coisas que as mulheres adoram que você faça, como telefonar de cinco em cinco minutos ou ver um filme inteiro abraçado, a última coisa que passa pela sua cabeça é que um dia ela vai dizer que não dá mais.

Eu era louco pela Mariana. Nós morávamos juntos há quase dois anos e eu nunca tive dúvidas de que continuaríamos nesse formato por outros dois, renováveis por mais dois e mais dois e assim sucessivamente, até o fim dos tempos. Eu me apaixonei pela Mariana assim que a vi, quando ela bateu na minha porta como recenseadora.

– Estado civil?

– Recém-casado.

Tive que me virar em dois para convencê-la de que, a partir daquele momento, eu estava casado com ela.

– Filhos?

– Dependo de você para começar.

Por várias vezes Mariana ameaçou ir embora e me deixar à margem da contagem oficial da população. Dizia isso cada vez mais acomodada no sofá da minha sala, sem demonstrar a menor vontade de abandonar a missão pelo meio. Para encurtar a história: naquela tarde, Mariana não fez nenhuma outra entrevista e acabou conhecendo um entrevistado como o Ministro do Interior jamais viu.

– É que eu já não sinto mais tudo aquilo por você.

Daquela vez não parecia uma daquelas sessões discutir-o-relacionamento que nós tínhamos semanalmente, quase sempre quando eu deitava no sofá para ver um programa de esportes no final do domingo. Essa era a senha para ela levantar da cama, querendo saber como eu podia preferir aqueles homens feios e barrigudos vociferando sobre os resultados da rodada, a deitar com minha própria mulher, macia e perfumada, no nosso quarto com cheiro de incenso.

– É que você eu tenho todos os dias e gol de bicicleta, é só de vez em quando.

Talvez tenha sido muito Momento do Torcedor e Futebol Espetacular juntos. Mariana arrumou as roupas na grande mala que nós levávamos nas nossas viagens. Uma só mala para os dois, e como me excitava imaginar os biquínis dela se enroscando nas minhas calças, as calcinhas misturadas com as minhas bermudas, os sutiãs perdidos entre as minhas camisas. Essa era a única hora em que eu lamentava jamais ter suportado usar cueca, para fantasiar um contato mais íntimo da underwear dela com a minha.

– Vou ficar uns dias na casa de uma amiga, a Carla. Acho que você não conhece.

Eu conhecia todas as amigas de Mariana, mas dessa Carla, nunca tinha ouvido falar. Mariana sempre foi de ter uma amiga para cada situação. A Rita para fazer hidroginástica. A Janine para sair às terças-feiras. A Rô para ir ao clube. A Liliana para combinar almoços e não ir. Se eu fosse a Liliana, nunca mais olharia para ela. Mas esse era um assunto que, pelo visto, não me dizia mais respeito.

– Você separa as minhas coisas e eu peço para alguém buscar.

Ela deixou para trás quase dois anos sem que eu entendesse os motivos. Não sentia mais tudo aquilo por mim e pronto, ia embora. Não quis conversar, não teve vontade de ouvir, não me permitiu fazer ao menos uma promessa que depois eu não cumpriria, mas o depois, em casos assim, é problema para depois. Ainda tentei um argumento sensato enquanto ela fechava a porta.

– Você tem outro, Mariana. Você tem outro e o grande estúpido aqui não percebeu. Volte aqui e me diga. Há quanto tempo você vem me enganando com ele?

A porta terminou de fechar e eu fiquei sozinho na nossa casa, na sala em que comi Mariana incontáveis vezes, muitas delas durante as nossas sessões discutir-a-relação dos finais de domingo. Só me restava gritar na janela.

– Se você está fugindo, é porque tem culpa no cartório. Bem feito para mim, quem mandou casar com a primeira recenseadora que apareceu? Eu nunca devia ter aberto a porta para você, nunca! Eu devia ter negado aquela entrevista para você ser demitida!

Mariana entrou no táxi como se nada fosse com ela. Ainda deve ter comentado com o motorista que, naquela rua, havia um louco que gritava por um amor perdido todas as quintas, às seis da tarde, como eu estava fazendo.

Caí no sofá e não levantei mais. Não fosse minha mãe abrir a porta com um pé-de-cabra e o desespero de quem já me julgava morto, possivelmente estaria lá até hoje.

O mês passou sem que eu sentisse. Foram trinta dias de solidão depois de dormir com Mariana por quase dois anos, sempre fingindo não saber que ela pulava da cama mais cedo para escovar os dentes e parecer que tinha gosto de hortelã na boca ao acordar.

Então minha prima Anelise me convidou para sua festa de aniversário. Não me ocorreu dar os parabéns e desejar muitos anos de vida. Meu único pensamento foi: ela vai, ela vai, ela vai. Mariana adorava Anelise e bem que tentou incluí-la em uma categoria de amiga, a de ver filmes iranianos. Acho que a outra preferia comédias americanas ligeiras e a amizade não decolou, mas Mariana continuou gostando de Anelise mesmo assim.

Demorei mais do que o recomendado pela ansiedade, na esperança de ser notado pela minha ausência. Nos meus delírios, via Mariana perguntando para Giba, um amigo em comum: mas será que ele vem? Ele confirmou mesmo? Ele é tão esquecido, vai ver foi para outra festa.

Entrei na sala pessimamente iluminada tropeçando em várias pernas. Algumas pessoas levantaram seus copos para mim a título de cumprimento, mas eu não conseguiria dizer se eram homens ou mulheres. Essa foi sempre uma indagação que me fiz: de que adianta tanto perfume e roupa cara para ficar bonito e desejável se ninguém consegue ser visto na escuridão de uma festa?

Quando meus olhos finalmente se acostumaram com o breu, vi Mariana em um canto da sala, de pé, falando muito perto de alguém. Ela dizia coisas interessantíssimas, pelo jeito, porque o alguém em questão ouvia tudo com a orelha grudada na sua boca. Julguei ter visto Mariana lamber aquela orelha, mas não posso afirmar, por causa da pouca luz.

Mulheres e homens abandonados não são o melhor exemplo de dignidade. Baseado neste princípio elementar do sofrimento, não tive o menor pudor de ficar plantado ao lado de Mariana, praticamente encostando o cotovelo nas costelas que um dia beijei, até ser visto por ela.

A reação de Mariana: não reagiu. Não mostrou espanto ou constrangimento, não pareceu nervosa nem balançou os braços e os cabelos, como fazia na minha administração quando alguma coisa a pegava de surpresa. Depois de me dar um beijo formal no rosto, puxou das trevas o já citado alguém e, sempre de mãos dadas, fez as apresentações.

– Neto, esta é a Carla. Carla, agora você vai conhecer o Neto.

Agora eu estava conhecendo Carla, a amiga com quem Mariana morava. Uma garota baixinha e delicada, de cabelos curtinhos e peitos saltando para fora da blusa. Mariana apresentou Carla e continuou segurando uma das mãos dela, enquanto a outra era estendida para mim.

– Prazer, Neto. Mariana falou muito em você.

Mariana falou muito em mim. O tempo do verbo, passado absoluto, foi um soco que a baixinha peituda me acertou. Se Mariana falou muito em mim, é porque não falava mais. Se não falava, não pensava. Se não pensava, eu tinha acabado para ela. Tanta dor quanto senti naquele momento, só outro verbo na primeira pessoa do pretérito perfeito para causar.

Eu entendi.

Carla estava comendo Mariana, ou vice-versa, ou seja lá como as coisas se organizam operacionalmente nesses casos.

As duas voltaram para seus segredos no canto da sala. Liguei para Anelise algumas horas depois, a cabeça estourando pela descoberta e o campari comprado em uma padaria do bairro.

– Você sabia.

– Todo mundo sabia, Neto. Mas é o tipo de coisa difícil de contar. Ainda mais que o pessoal fica comentando, ele deve ser tão ruim que a Mariana mudou de lado.

Será que eu sou tão ruim? De qualquer forma e para não arriscar, passei a evitar maiores aproximações com qualquer integrante do sexo feminino, sem exceções para recém-nascidas, idosas, religiosas ou a minha mãe. Não por elas, mas por mim. Tive medo de mudar de lado, se acontecesse outra vez.

Você, Júlia, é a primeira mulher de quem eu me aproximo, depois de tudo.

– Você acha que eu sou ruim, Júlia?

Amanhecia quando Neto me deixou em casa. Eu ter passado as duas últimas horas gritando no quarto dele era a melhor resposta para a pergunta, mas quem não gosta de ouvir coisas boas sobre si mesmo?

– Você é ótimo. A Mariana deve estar arrependida até agora.

JONAS ATACA NOVAMENTE

Los Angeles. Quase sou preso como terrorista, ao passar correndo pela alfândega, ansioso pelo momento de ligar para a primeira indicada da lista de Nelson. Foi o que fiz tão logo cheguei ao hotel, antes mesmo de tomar um banho para eliminar os vestígios da classe econômica.

Carol era brasileira e morava em Los Angeles para estudar, adivinhe, cinema. Uma garota interessantíssima, Nelson havia dito. Você pode conversar com ela sobre qualquer filme a partir da década de sessenta, quando tudo terminar.

Para minha surpresa, Carol não foi muito receptiva ao telefonema. Eu esperava ouvir dela, já com algum sotaque californiano: amigo de Nelson ser meu amigo também. Em lugar disso, Carol disse que ia ao cinema com outra garota e que eu poderia ir junto, se quisesse muito.

Eu quis. Um brasileiro em terra estranha à procura de mulher não é o cara mais indicado para ter pruridos.

Oito da noite, eu esperando Carol e a amiga na porta do cinema. Trazia flores para as duas colocarem nos decotes, à moda dos filmes americanos de mil novecentos e cinqüenta e poucos. Disse a Carol que seria fácil me identificar, eu estaria usando um cravo vermelho na lapela, e usava mesmo. Atitudes assim sempre impressionavam as mulheres.

Carol era uma loira maravilhosa, bem mais simpática ao vivo que por telefone. Ainda assim, demonstrou claramente gostar muito mais do meu cravo vermelho que de mim. Quanto às flores para usar no decote, não entendeu.

– Você não lembra? James Dean, Elvis Presley, rockabilly, os garotos buscam as garotas para o baile e levam uma orquídea. Lembrou?

– Sorry, Jonas, minha memória cinematográfica começa nos anos sessenta.

Fomos comprar os ingressos para os filmes, eu carregando na mão o cravo e as flores dos decotes delas. Se Carol não se mostrou interessada em mim, o mesmo eu não podia dizer da amiga porto-riquenha que a acompanhava. Rosemary, a hispânica em questão, pareceu ter sido atacada por um serial cupido no instante em que me viu.

Rosemary era baixinha, atarracada e morena como as porto-riquenhas costumam ser em Hollywood e na vida real. Devorando um imenso hot dog comentou, com profundidade exagerada para o meu gosto superficial, o filme a que assistimos e todos os outros em cartaz na cidade. Perdi a conta lá pelo de número cento e dezessete. Carol respondia alguma coisa por educação e às vezes ria sem a menor vontade, mostrando todo o seu tédio com a nossa noitada. Muita Budwayser depois, Rosemary falando sem parar, Carol levantou da mesa pronta para dar adeus. Nas costas, uma mochila onde se lia Sex.

– Rosemary leva você para o hotel, Jonas. Diga para o Nelson aparecer quando vier para cá. E até qualquer dia desses.

Carol me deixou sozinho com Rosemary, que pareceu nem notar a retirada da amiga. O momento era difícil, mas não desesperador. Resolvi agüentar mais meia hora por pura cortesia brasileira e em seguida bater em retirada, alegando um compromisso de trabalho. Se Rosemary me tomasse por um michê, melhor.

Percebi que a situação tinha se complicado quando, supostamente me levando para o hotel, Rosemary engatou uma marcha imaginária em seu carro automático e deixou a mão cair bem em cima do meu pau. Notei que havia escapado ao meu controle quando ela passou reto pelo hotel e seguiu em uma direção que eu não conhecia. Os indícios eram de que eu estava sofrendo um seqüestro. E seria relâmpago, no que dependesse de mim.

Rosemary deve ter achado relâmpago demais. Quando terminei, ela vestiu o pouco que teve oportunidade de tirar e me colocou do lado de fora da porta, em uma rua cheia de casas iguais que devia ser igual a todas as outras ruas do bairro. Por ali não passava ninguém e nem táxi, ônibus, metrô ou lotação. Saudade das vans clandestinas do Brasil, sempre de portas abertas para quem precisasse chegar, fosse lá onde fosse.

Andei para o norte, como fazem os perdidos. Muita caminhada depois, encontrei uma grande avenida deserta que só viu um táxi aparecer muito perto da noite virar manhã. Foram três horas de sono e o dia inteiro de arrependimento, andando pela Rodeo Drive de mochila nas costas. Um pobre, era o que eu parecia e como me sentia, cada vez que minha imagem aparecia refletida nas vitrines de milhões de dólares.

Por puro tédio acabei antecipando a partida para Milão. Amanhã, quando eu desembarcasse em terras italianas, a história seria diferente, tão diferente quanto a minha versão dos fatos para Nelson.

Para ele eu diria que comi a Carol e que depois,

tudo consumado, ela sussurrou no meu ouvido o roteiro completo do ET, nua e abraçada a mim, enquanto, com o dedo, eu acariciava de leve os pelinhos da sua nuca.

Milão, final do dia. Hora de encontrar a segunda indicação de Nelson, Carmela. Ela me chamou de turista sem imaginação quando eu disse que iria esperá-la na galeria Vittorio Emanuelle. Eu, que sou turista mesmo e imaginando tudo que faria com ela naquela noite, mantive o lugar do encontro para não correr o risco de me perder, como em Los Angeles.

Carmela era o que se podia classificar de um doce. Mal se apresentou e quis que eu falasse tudo sobre cada novela de televisão em cartaz no Brasil, a das seis, a das sete e a das oito. Fui mais além e resumi também duas minisséries. Se as coisas corressem conforme meus planos, eu enviaria para ela uma coleção completa de revistas de TV. Muito pouco: pelo jeito como encostava os peitos no meu braço enquanto caminhava, Carmela merecia ganhar várias assinaturas de revistas de novela. Era o que eu faria, tão logo voltasse para casa.

Com sua pele muito branca e os cabelos vermelhos, cortados na altura do pescoço, Carmela parecia uma boneca inflável que eu havia conhecido na adolescência, na casa do meu amigo Roger. A boneca pertencia ao pai recém-divorciado dele, mas fez a alegria das minhas tardes em um tempo onde o vício solitário era exercido por grupos cada vez maiores e mais barulhentos. Lembro que cada usuário colocava na boneca o nome que mais lhe agradasse. Os vizinhos de Roger não deviam entender nada. Enquanto as donas-de-casa lavavam a louça do almoço, uma voz rouca repentinamente gritava: oh, Roberta, assim você me mata. Cinco minutos depois, outra voz, que também podia ser a mesma, considerando a pouquíssima variação de tons e semitons da puberdade, se levantava em agonia: Luciana, sua vadia, eu vou acabar com você. E assim as horas passavam, e como éramos felizes, desde que ninguém demorasse muito e todos fizessem, após o uso, a higiene de Simone ou Soninha ou Ana Paula ou seja que nome a boneca tivesse naquele momento.

Desta vez estava funcionando. Carmela ria de tudo e colou suas pernas às minhas no restaurante, ignorando a cadeira que o garçom estendia no outro lado da mesa. Ela me levou para jantar camarões enormes, que eu devorava imaginando quantas liras a menos cada um representava na minha carteira. À luz de velas, com um bom vinho tinto e Carmela contando sua vida dupla de professora de português e estudante de moda, a noite era uma promessa. E muito mais do que isso, quando Carmela bebeu o vinho do meu copo e me convidou para ir até sua casa.

Entrei abraçado nela, usando meu direito de legitimamente escolhido para estar ali. De suas cadeiras de balanço, duas senhoras tiraram os olhos da televisão para me encarar.

– Nona, tia Gema, este é o Jonas.

Carmela morava com a avó e a que me pareceu ser sua trisavó, na melhor das hipóteses. Fui levado para o sofá e o resto da noite passei assistindo a todos os programas de auditório das tevês italianas, comentados em coro pelas duas velhinhas. Ao meu lado, de mãos dadas comigo, Carmela agia como minha namorada de muitos anos, adivinhando quando eu tinha fome ou sede e completando minhas frases, mal eu abria a boca para dizer algo.

Ainda fiz três refeições completas antes de me despedir, às quatro da madrugada. A avô e a trisavó ficaram na porta enquanto Carmela me acompanhava até o portão.

Ela ofereceu a testa para um beijo e disse que estaria me esperando amanhã.

Carmela era uma doçura, mas eu pretendia terminar a viagem tão solteiro quanto comecei. Se eu me importasse com ela deveria explicar que, agindo assim, provavelmente não conseguisse um namorado tão cedo, sequer um cara para comê-la. Este último, que era eu, jamais seria visto naquele bairro novamente.

Mas para Nelson eu diria que Carmela foi insaciável e que depois de fazer tudo que eu havia imaginado com ela, ainda passei o resto da noite com a avó e fui chupado pela trisavó, na saída.

Paris é uma festa. Ou duas, já que eu estava na cidade com o telefone de duas novas garotas no bolso.

Márcia, gaúcha, morava na França há dez anos, trabalhando como designer em uma revista. Joana, baiana e artista plástica, vivia de uma bolsa que pagava exclusivamente para que ela estudasse a arte. Segundo Nelson, as duas eram muito amigas e talvez quisessem sair comigo ao mesmo tempo, se me faço entender. Pelo menos com ele, Nelson garantia, tinha sido assim.

Depois de visitar alguns museus e exposições para ter o que contar à minha mãe na volta, considerei que estava livre para me dedicar à verdadeira e mais importante missão da minha viagem: comer mulheres ao redor do mundo.

Talvez tanto empenho para este único fim possa dar a impressão de que eu sou um sujeito superficial. E eu sou, mas essa não é a única razão para as minhas tentativas.

Acontece que eu passei oito anos dedicado a uma mulher que me trocou pelo primeiro sul-africano que apareceu. Em seguida, errei duas vezes com Júlia, fracassando sexualmente e perdendo minha melhor amiga. Para encerrar a saga, eu agora estava saindo com Bel, uma garota adorável que tinha o dobro do meu tamanho e gostava de me carregar no colo, ao entrar em casa. Desde a partida de Marina para a savana, minha vida amorosa estava em franco declínio. E eu começava a me preocupar com isso.

Comer novas mulheres era o tratamento que eu mesmo havia me receitado para voltar a ser o velho Jonas. Não que isso significasse muito, a se julgar pelo meu retrospecto. Mas eu sentia que a oportunidade de recuperação finalmente se apresentava, com as amigas Márcia e Joana ao alcance de um alô.

Entrei em uma cabine telefônica com dois números e uma dúvida. Márcia ou Joana, para quem eu ligaria primeiro? Para decidir, usei o infalível sistema de jogar pauzinho comigo mesmo.

Inspirado no jogo do palitinho, onde perde quem tiver o palito menor, criei a variável do pauzinho para ser disputada por um só jogador, eu, bastando para isso que qualquer outro homem passasse pelo lugar onde eu me encontrava. Hoje eu jogaria representando Joana e o primeiro francês que cruzasse pela cabine telefônica representaria Márcia. Se, analisando o aspecto geral do cidadão, eu concluísse que o pau dele era menor que o meu, Joana vencia. Caso eu concluísse que o meu pau era menor, após esse exame absolutamente empírico da genitália de um desconhecido, a vitória seria de Márcia.

O homem que passou pela cabine em alguns segundos, de bigode e pasta executiva imitando crocodilo, evidentemente tinha um pau bem menor que o meu. Ponto para Joana.

– Madame Joana, sivuplê?

– Oui.

– Oi, Joana. Meu nome é Jonas e eu sou amigo do

Nelson, você sabe quem é. Estou passando uns dias em Paris e ele me deu seu telefone. Para você me entreter na cidade, que tal?

– Será um prazer. Anote o endereço do meu estúdio.

Nada como um homem confiante, ainda que à custa de uma taquicardia. Passei a tarde no estúdio enquanto a morena Joana misturava tintas e pintava coisas tão abstratas que nem ela devia entender. Talvez cansada do próprio expressionismo, Joana perguntou se eu não queria ser seu modelo vivo por algumas horas. Aceitei. Estar sem roupa com uma mulher em uma sala fechada, mesmo que por razões profissionais, era cinqüenta por cento do que eu precisava para alcançar meus objetivos.

Desta vez tudo correu conforme o esperado e eu continuei sem roupa no estúdio durante a semana inteira, e não porque estivesse posando para alguma obra de arte. Cheguei a sugerir que Joana chamasse Márcia para nos visitar, mas ela não quis. Disse que a amiga com certeza não viria, apaixonada que andava por um jornalista brasileiro chamado Fernando. Ouso pensar que Joana não quis me dividir, supremo orgulho para um macho que já se considerava em fim de carreira.

Desisti de ir a Londres para ficar mais tempo com ela. Joana chorou quando se despediu e eu gostei da sensação de deixar lágrimas, recordações e saudades. Muitas horas mais tarde, quando entrei em casa, flores no vaso e uma faixa de Welcome atravessada na sala anunciaram um problema tão grande quanto o volume que ocupava quase toda a minha cama.

– Que bom que você voltou para a sua Belzinha, querido.

Asserção verdadeira, razão falsa: eu estava de volta, mas não para Bel.

Júlia vê Jonas

Agora eu saía com Neto oficialmente e todo mundo sabia no escritório. Nós chegávamos e íamos embora juntos e eu vi que a coisa estava ficando séria quando a mãe de Neto, que eu nem conhecia, passou a me ligar quando não encontrava o filho, pedindo que eu transmitisse a ele seus recados.

– Sua mãe mandou dizer que vai ter língua com ervilhas no almoço. Neto, eu nunca imaginei que você comesse língua com ervilhas. Escove bem os dentes, antes de me beijar.

Com a entrada de um novo personagem na minha história, Gus e a Dora Dois Que Agora Era Um apressaram sua mudança da minha casa. Os dois encontraram um apartamento na mesma rua e transferiram para lá os poucos pertences que a Dora Um Que Agora Era Zero não tinha destruído na sua fúria de mulher abandonada.

Neto foi fundamental para que a Dora antiga deixasse meu irmão e a Dora nova em paz. Ele se ofereceu para conversar com a ex-mulher de Gus e, após muito ouvir e falar, conseguiu que ela se afastasse sem mais escândalos. Pena que, quando isso aconteceu, o patrimônio de Gus se resumisse a um sofá de perna quebrada, uma televisão p&b e um jogo de panelas ainda na caixa.

Neto tinha um filho do primeiro casamento, um menino de cinco anos chamado João, e um fim de semana com a criança a cada quinze dias. Quando nossas saídas viraram a rotina que se convencionou chamar de namoro, Neto me apresentou para o filho. Desde então, a cada duas semanas, eu passava meus sábados e domingos com eles.

João me aceitou sem problemas e eu, que nunca me imaginei cuidando de uma criança, também me adaptei ao garoto. Não deixava de ser engraçado cuidar de um homem em seu início e observar, no nascedouro, aquelas que viriam a ser as características do sexo masculino.

João acordava mal-humorado todos os dias, uma constante no comportamento dos homens que eu havia conhecido até então. Ele jamais respondia a qualquer pergunta ou estímulo enquanto assistia tevê, premissa básica para ser um adulto normal. O menino ficava irritadiço se não comesse, irritado se estivesse cansado e irritadíssimo quando contrariado. Mas depois de tantos anos enfrentando este tipo de situação-limite nos meus relacionamentos com parentes, namorados e agregados, eu possuía o jeito e a tecnologia para tratar com um embrião de homem.

– Venha comer, João.

– Não.

– Venha, querido, você vai gostar.

– Não quero e não vou. Você não é minha mãe.

– Graças a Deus, imagine eu, mãe de um anoréxico.

– O que é anoréxico?

– É quem não quer comer.

– Então eu como. Mas você não é minha mãe.

Em um sábado de chuva onde os únicos divertimentos disponíveis eram assistir televisão ou ver Neto escrever seu novo livro, resolvi levar João para um lanche no shopping. Depois de estragar o hambúrguer e virar as batatas fritas no chão, como todo menino em seu perfeito juízo, João começou a peregrinação habitual pelas lojas de brinquedos. Em cada uma ele entrava excitado e sorrindo e de cada uma saía carregado e chorando, depois de pedir o estoque inteiro e não ganhar. Acho que até uma Barbie João aceitaria, só pelo prazer de consumir alguma coisa. Nesse ponto, garotos de cinco anos e mulheres de trinta e tantos até que se pareciam. Na porta de uma loja, João no meu colo gritando pelo Homem-Lagartixa que eu não havia comprado, bati acidentalmente em alguém e teria pedido todas as desculpas, se conseguisse dizer uma palavra.

– Júlia!

(Silêncio.)

– Você está bem?

(Silêncio.)

– Quanto tempo. É seu filho?

(Hora de recuperar o dom da fala.)

– Faz tempo, Jonas, mas não tanto para eu ter um filho. Ainda mais deste tamanho. Por favor, João, mostre nos dedinhos a sua idade para o titio.

Enquanto João calculava quantos dedos eram necessários para mostrar seus cinco anos, eu recapitulava as técnicas de relaxamento que conhecia para recuperar a calma. Ou talvez recuperar não fosse a palavra certa para algo que nunca tive. Depois de tantos meses ignorando meus recados e fugindo dos meus telefonemas aqui estavam, na minha frente, Jonas e seu charme blasé. E eu era obrigada a reconhecer que continuava gostando dos dois.

Só então notei a mulher ao lado de Jonas, grande e forte como uma jogadora ucraniana de basquete. Será que ele havia trazido a treinadora para comprar algum uniforme esportivo no shopping?

– Júlia, esta é a Bel.

Assim Jonas apresentou a mulher quando viu que eu olhava para ela. Júlia, esta é a Bel e mais nada que a identificasse. Bel, a minha amiga. Bel, a minha colega de jiu-jitsu. Bel, a minha guarda-costas. E foi a falta de identificação que me fez concluir.

Bel era a namorada dele.

– Prazer, Bel. Bom, está na nossa hora.O pai de João odeia esperar.

– Você é babá do garoto?

Mulheres enormes levavam vantagem sobre as outras. As muito altas e muito magras podiam ser modelos internacionais e desfilar em Paris. As muito altas e nada magras podiam falar qualquer coisa, como a tal Bel ao me chamar de babá, sem correr o risco de uma agressão física.

– A Júlia é namorada do meu pai.

Meu carinho por João era sincero, mas a resposta dele para Bel fez o que eu sentia evoluir instantaneamente para amor. E eu provaria isso carregando-o de volta para a loja e comprando o Homem-Lagartixa, agora sem ele precisar pedir.

– Fico feliz por você estar bem, Júlia.

A namorada arrastou Jonas pelo corredor lotado, Jonas e a Baleia contra um mar de gente. João já me puxava para algum lugar e a multidão se encarregou de nos levar com ela. Até o fim do passeio, teríamos que contar com a cabeça do menino para nos guiar. A minha, pelo jeito, não voltaria tão cedo das suas lembranças.

A semana seguinte Jonas viveu inteira dentro de mim, sem que eu fizesse qualquer esforço para impedir. Por conta disso, evitei Neto como pude, cinco dias de fuga até ele bater na minha porta em busca de explicações.

– Está tudo bem, Neto, acho que é stress ou depressão.

Já que os médicos colocaram o stress e a depressão no prontuário de todos, receitando um ou outro na falta de diagnóstico melhor, eu me valia da mesma justificativa para esconder de Neto a minha vontade de só pensar em Jonas.

Ele cuidou de mim com sopa na cama e água com açúcar, o mesmo tratamento usado para curar os joelhos ralados de João. E assim Jonas voltou para as trevas de onde tinha vindo e eu acordei disposta a ser uma boa namorada para Neto, como era justo que eu fosse.

Perdê-lo agora seria um diagnóstico certo de stress e depressão para mim.

Jonas vê Júlia

Entre a minha vontade de encerrar a história com Bel e o mundo sem compromisso algum que me esperava lá fora, havia um grande e poderoso obstáculo: a própria Bel.

A garota doce e encantadora de mais de um metro e oitenta não parecia disposta a colaborar com o meu projeto. Muito pelo contrário. Cada vez mais, Bel se misturava com a minha vida, telefonando inúmeras vezes, aparecendo de surpresa no escritório e dormindo todas as noites comigo.

Eu jamais deveria ter dado a ela a cópia da chave, conseguida com a justificativa de cuidar das plantas durante a minha viagem. Na hora eu esqueci que não tinha plantas e, mesmo se tivesse, este era o tipo de combinação para ser feita com a minha mãe, não com a mulher que eu não pretendia sequer continuar comendo com regularidade. Mas agora Bel tinha a chave e a força, não só no sentido figurado. Ela mesma havia carregado escada acima um armário para guardar as roupas que insistiu em deixar na minha casa.

– Para uma emergência, Jonas. Já pensou se chover? Você não quer a sua Belzinha gripada, quer?

O armário de Bel era proporcional ao tamanho das roupas dela e foi colocado no meu quarto de modo que eu nunca mais pudesse entrar ou sair sem bater nele. Em uma semana de colisões consecutivas eu tinha na perna um hematoma tão grande e tão profundo que certamente evoluiria para uma gangrena, caso eu não me separasse rapidamente de Bel e seu guarda-roupa.

Na noite de sexta, quando cheguei do trabalho, Bel já estava preparando alguma de suas comidas cheirosas e fartas. A Cozinha Nada Light de Bel, não haveria nome melhor se ela resolvesse editar um livro de culinária. As receitas à base de ovos, maionese, bacon, macarrão e muita carne já haviam acrescentado dois quilos ao meu peso e sabe-se lá quanto de gordura ao meu colesterol. Eu certamente morreria de enfarto, caso não me separasse logo de Bel e suas panelas.

Naquela noite eu planejava ficar sozinho, atirado no sofá, de cuecas e na insubstituível companhia de um controle remoto. Encontrar Bel na cozinha acabou com as minhas ambições e o meu humor.

– Não vou jantar, Bel. Estou com dor de cabeça.

– Você quer um remedinho?

– Não se preocupe comigo, eu só preciso deitar um pouco.

– Puxa, Jonas, claro que eu me preocupo. Você sabe que é a pessoa mais importante do mundo para mim.

Enquanto eu escovava os dentes e mijava, enquanto eu tirava a roupa e esticava os lençóis na cama, durante todo o tempo Bel esteve ao meu lado, repetindo o quanto me amava e o seu desejo de ficar comigo para sempre. Ela continuou falando quando eu fingi dormir e muitas vezes, durante a noite, senti sua mão na minha testa, procurando uma febre que nunca existiu. Só minha mãe havia cuidado tão bem de mim e talvez este fosse o problema.

Com todas as mulheres que a vida me trazia, e se

não trouxesse eu iria pessoalmente buscar, nada justificava eu passar o resto dos meus dias comendo a versão cover, um tanto mais reforçada, da minha mãe. Mesmo que fosse uma versão com tarja preta, proibida para menores.

Não havia o que fazer quanto ao sábado. Bel estava instalada na minha casa e achei melhor aproveitar aquele final de semana como se fosse o último.

Como seria, era o que eu não parava de me repetir.

Sempre cantando com sua voz afinada e pequena, a única coisa pequena nela, Bel partiu para uma faxina como há tempos o meu apartamento não via. Começou pela sala do computador, onde uma eterna bagunça de livros lidos e não guardados, papéis antigos e folhas amassadas tornava o ambiente pequeno para nós três: eu, ela e o seu tamanho.

– Vai sobrar tanto espaço que eu vou até trazer o meu computador para cá.

Não ia mesmo, mas permiti que Bel passasse o dia considerando esta hipótese enquanto organizava o escritório, depois o quarto, em seguida a sala. E os banheiros. Uma limpeza como ela fez, sem quebrar ou estragar nada, não era trabalho para empregadas e sim para uma mulher apaixonada.

Bel intercalou a faxina com ataques sexuais a mim, tão freqüentes que na maior parte da tarde ela vestiu apenas um avental xadrez e depois nem isso, para tirar o pó e as marcas de dedos dos vidros. Até para os frascos de desinfetante Bel arrumou novas utilidades. Sentiria saudades da disposição dela, mas agora eu precisava descansar. Se Bel continuasse com aquilo, eu estaria morto para as outras, de amanhã em diante. Antes de sofrer uma nova investida, achei melhor convidá-la para um de seus programas favoritos, ir ao shopping. Lá eu relaxaria andando sem parar por corredores quentes e lotados, irrespiráveis de tanta gente.

Bel me arrastou por inúmeras lojas, procurou ofertas, experimentou sapatos e tentou entrar em um biquíni que a transformou em um calendário de borracharia ao vivo, em carne e mais carne ainda. Ela queria de todas as formas que eu entrasse junto nos provadores e quase usou da sua força física, que não era pouca, para me convencer. Resisti pensando na minha foto nos jornais, na manhã seguinte: tarado pego em flagrante com cliente no provador do magazine.

Íamos embora quando Bel decidiu comprar um presente de aniversário para um de seus alunos. Foi o que bastou para me puxar pelos braços, deslizando pelos corredores como se seus tamancos de plataforma fossem patins de número quarenta e um. Então, na porta da loja de brinquedos, carregando no colo um menino que gritava e se debatia, estava ela.

– Júlia!

Júlia me olhou sem dizer nada, parecendo não saber quem a cumprimentava. Tínhamos nos encontrado apenas duas vezes, sendo que uma eu também procurava esquecer, mas não era possível que ela não me reconhecesse.

– Você está bem?

Ela continuava me olhando com tanto vazio que cheguei a duvidar que eu estivesse mesmo ali. Já o menino no seu colo, esse não me conhecia, mas não se importava com o fato, fazendo para mim todos os gestos obscenos que alguém tão pequeno pode saber.

– Quanto tempo. É seu filho?

– Faz tempo, Jonas, mas não tanto para eu ter um filho. Ainda mais deste tamanho. Por favor, João, mostre nos dedinhos a sua idade para o titio.

Eu sabia que seria assim. Havia passado por isso outras vezes e poderia identificar a voz de uma mulher magoada entre todas, na multidão. Júlia falou comigo tão irônica quanto secamente, deixando claro, em cada sílaba, seu descontentamento em me ver.

Afinal, o que de tão grave eu tinha feito? Não procurá-la, não atender seus telefonemas, não responder os recados. E o que mais eu poderia fazer, se não tinha dado certo? O que para mim era a única forma de resolver o problema, para Júlia era o próprio problema.

O menino que não era filho de Júlia exigia minha atenção, fazendo com os dedos inúmeras combinações para me mostrar sua idade. Foi quando percebi em Bel uma impaciência próxima da fúria. Lembrei das duas ou três oportunidades em que ela se sentiu excluída dos meus assuntos e do que isso representou quando voltamos para casa.

– Júlia, esta é a Bel.

Júlia olhou com curiosidade, provavelmente tentando entender o significado da Bel para mim, amiga, treinadora de jiu-jitsu ou namorada. Se eu ainda lembrava da psicologia de Júlia, a alternativa namorada devia ser a escolhida. E tudo indicava que ela não aprovava a escolha.

– Prazer, Bel. Bom, está na nossa hora. O pai de João odeia esperar.

– Você é babá do garoto?

Duas mulheres não precisavam de muito para serem inimigas. Duas boas mulheres, Bel e Júlia, conseguiam se hostilizar dois minutos após as apresentações. Uma hostilidade de gestos e de postura, no caso de Júlia, com seu temperamento mais reservado, e de palavras e olhares, no caso da Bel, que jamais foi de sutilezas.

– A Júlia é namorada do meu pai.

Pensando bem, dois homens também não precisavam de muitos motivos para se odiarem. O garoto que acompanhava Júlia desde o início se mostrou arredio comigo e agora, quando ela estava em dificuldades, vinha socorrê-la citando seu herói máximo, o pai. O namorado de Júlia.

– Fico feliz por você estar bem, Júlia.

Bel me levou embora pela mão, enquanto o filho do namorado de Júlia fazia o mesmo com ela. Uma sensação de saudade ou perda ou tristeza ou tudo junto começou a se formar dentro de mim, bem no estômago, meu órgão mais sensível, muito mais que o coração. Nostalgia, era isso que eu estava sentindo, nada que muitas cervejas não pudessem transformar em nevralgia. Sempre preferi os males físicos aos espirituais.

Bel tinha mais um dia na minha vida. No final do domingo, eu a deixaria em casa para nunca mais voltar. Como foi com Júlia, mas não era hora de pensar nisso. Não com toda aquela nostalgia atacando o meu estômago.

Júlia tem problemas

Às vezes parece que um namorado, por si só, poderia resolver todos os seus problemas. E você se dedica a procurar este namorado, muito mais que a resolver os seus problemas.

Todo novo homem que cruza o seu caminho é um candidato em potencial. Um novo colega da faculdade, um funcionário recém-contratado no escritório, o vendedor que atendeu você na loja. Vendedor não, gerente. Ou o dono. Você nunca imagina que esse namorado não vá ter uma situação estável, no mínimo. Que não vá ser lindo, pelo menos, e inteligente, como convém. E quando você vai mais além e pensa no namorado ideal, você fantasia que ele tem todas estas qualidades e não tem mãe. O homem perfeito, se é que isso existe.

Então os dias vão passando e nada do seu namorado. E os meses vão passando. E os anos. E tudo, menos os seus problemas. Mais triste que isso, só o tal namorado aparecer e você perdê-lo para a sua irmã gêmea.

Foi o que aconteceu com a Dora Dois que Agora Era Um.

Instalados em seu novo apartamento, meu irmão Gus e Dora viviam a felicidade típica de um início de romance. Tudo era engraçado e motivo de prazer, o macarrão que ela nunca acertava e a conta que ele esqueceu de pagar. Tudo tinha conserto e tinha remédio e Dora chegou a me dizer, quase em confissão, que, quando conheceu Gus, já havia perdido a esperança de encontrar alguém como ele.

Ela era dessas mulheres que passaram mais tempo preocupadas com um grande amor que com os estudos ou a profissão. Havia morado com a família na Inglaterra e na volta virou professora de inglês, não por gostar especialmente da língua ou ter um grande talento, mas pela conveniência. Dando aulas aqui e ali, sem se esforçar muito nem sobrecarregar a agenda, Dora tinha tempo para fazer ginástica todos os dias e andar sempre com as unhas pintadas, cuidados indispensáveis ao seu projeto Namorado Já. E tinha também um senhor que a ajudava, no caso, o pai, sem o qual nada disso seria possível.

Eu gostava de Dora, ainda que não entendesse o que meu irmão poeta enxergava nela. Quer dizer, fisicamente eu entendia, mas Gus sempre garantiu que o importante era o conteúdo das garotas. Talvez se referisse ao que vinha dentro dos vestidos e biquínis delas.

A filosofia de vida de Dora: todo homem pode ser seu e prospectar não é pecado. Foi assim que o meu irmão e marido da aluna de inglês acabou marido dela. Sem falar que Dora era muito mais bonita e agradável que a ex-Dora, um típico exemplar de mulher feia e antipática. Uma mulher feia faria um favor a ela mesma e à sociedade sendo bem-humorada, era o que eu me dizia sempre que encontrava com minha ex-cunhada.

Dora e Gus eram um casal, como ela quis a vida inteira e ele nunca imaginou outra forma de existir. Dora participava de todos os eventos familiares e nenhum dos dois nunca mais ganhou um presente de uso pessoal, só utilidades para a cozinha, o ônus de ser visto como um casal. Quando meu irmão bateu na minha porta em uma madrugada qualquer, a imagem da felicidade fresca entre ele e Dora não me deixou adivinhar que tinha acontecido novamente.

– Desta vez é para sempre.

– Gus, você diz isso a cada seis meses. Pior: você acredita nisso. Quem é, agora?

– A irmã de Dora.

– A gêmea?

– É a única irmã que Dora tem.

– Gus, se você já tem uma, por que outra igual?

Elas eram muito diferentes, disse meu irmão. Cora, a gêmea, gostava de tudo que não interessava a Dora: livros, música, cinema, política, astronomia, sociologia, futebol. Pela descrição, Cora havia passado os seus vinte e dois anos exercitando os músculos do cérebro. Mas não tinha esquecido dos glúteos.

– Ela tem um corpo lindo, mais que Dora.

– As duas são idênticas.

– Para quem olha de fora.

– Você já olhou de dentro?

Sim, ele estava namorando a gêmea univitelina da própria mulher há algumas semanas. Tudo começou quando ele beijou Cora pensando se tratar de Dora. E ela correspondeu. Desde então os dois vinham se encontrando em segredo, ou quase.

– Ela me visita quando Dora sai. O porteiro não desconfia de nada.

– Que absurdo.

– Vamos ao motel de dia e ela não precisa se esconder no porta-malas.

– Gus, vocês não podem continuar se encontrando desse jeito.

Meu irmão concordava comigo e pretendia resolver a questão na noite seguinte, fugindo com Cora.

– Uma fuga romântica no século vinte e um?

Não houve maneira de convencer Gus de qualquer alternativa que não passasse pela alfândega. Ele sequer me contou para onde os dois iriam, possivelmente temendo que eu revelasse alguma pista, caso fosse torturada. Eu deveria estar acostumada, uma fuga por amor encaixava perfeitamente na biografia de apaixonado do meu único irmão. Mas foi muito triste me despedir dele sem saber se devia dizer até logo ou até nunca mais.

Durante a manhã, em um longo intervalo para o café, contei toda a história a Neto.

– Você conhece o Gus. Amanhã ou depois ele fica louco por outra garota e volta.

Eu admirava muitas das qualidades de Neto, a inteligência, o tórax, a generosidade e os predicados sexuais, mas foi a serenidade dele que me conquistou. Neto era o cara certo para mim, ponderado quando eu perdia a calma, calmo quando eu entrava em surto. Pobre Dora, a vida inteira querendo um homem assim. E eu, que nem procurava, agora tinha um dentro de casa.

Esperei por uma tragédia noturna, quando Dora descobrisse que Gus e Cora estavam juntos. Nada. Mas de manhã, quando eu me arrumava para sair, o telefone tocou.

– Dora descobriu. Você contou para ela?

– Você está brincando, Gus? Me ligar a essa hora para perguntar isso?

– Só você sabia, Júlia. Não existe outra maneira de Dora ter descoberto.

– Não existe, é? Com você recebendo uma namorada na casa em que mora com a sua mulher? Indo a motel ao meio-dia? Como, não existe, Gus?

– Eu confiava em você, Júlia. Eu só confiava em você.

Gus desligou e eu já ia chorar quando lembrei.

Eu havia falado da fuga para uma pessoa, Neto. E Neto não quis passar a noite no meu apartamento porque precisava resolver um assunto sério, tão sério que não me disse qual era. Não que eu acreditasse na hipótese dele contar sobre a fuga para Dora, mas iria até a casa dele para ouvir pessoalmente a negativa.

Saí sem ao menos terminar de me vestir. Nunca fui de deixar para amanhã a incomodação que podia ter hoje.

Jonas tem problemas

– Você está dizendo que nós não estamos mais namorando?

– Na verdade, Belzinha, a gente nunca namorou. Quer dizer, depois de uma certa idade, acho que as coisas não precisam mais ser classificadas com essa rigidez. Nós tivemos um relacionamento legal, foi isso. E agora chegou a hora de cada um ir para o seu lado.

– Chegou a hora para você, eu não quero terminar o nosso namoro.

Estava sendo pior do que eu imaginava. Bel não aceitava minha proposta de rompimento de maneira alguma e começava a ficar irritada com a minha insistência na nossa separação.

– Você deve ter alguém na rua. Ou no escritório.

– Bel, no escritório só trabalhamos eu e o Milton. E ele não é meu tipo.

– Jonas, eu vou fazer de conta que não aconteceu nada. Nós deitamos e passou, pronto, amanhã ninguém toca nesse assunto.

Eu sempre quis usar a velha frase dos caubóis, não torne as coisas mais difíceis do que elas já são. Era isso que eu gostaria de dizer à Bel, se não estivesse tão cansado de falar, de ouvir, de retrucar.

– Certo, Bel. Vamos deitar. Mas amanhã a gente volta a falar sobre isso.

Levantei com o corpo moído por mais uma noite com a Bel. Eu não entendia onde ela havia aprendido tantas coisas, a maioria nunca feitas ou vistas por mim. Se era verdade que aquele mulherão só tinha estado com alguns poucos homens antes de chegar a minha vez, Bel era um caso de talento nato para o sexo. Mas nem isso seria capaz de garanti-la comigo por mais vinte e quatro horas.

Ela passou o dia me monitorando. Se eu desligava o celular, Bel usava o número do escritório. Se eu não atendia, usava Milton para me localizar onde eu estivesse. Tentei me aconselhar com Nelson, mas ele estava ocupado demais com a namorada da semana para se preocupar comigo.

– O que você prefere que a sua Belzinha faça para o jantar?

– Nada, Bel, eu vou chegar muito tarde. É melhor você dormir na sua casa. Não me espere.

– Vou esperar, sim. Pelo menos a gente pode dormir abraçados.

Não havia o que fazer contra a vontade de Bel, uma vontade tão forte quanto a dona.

Vi todas as novelas no escritório, esperando que a hora de voltar para casa nunca chegasse. Quando não havia mais o que assistir, fiz o cliping das colunas sociais da semana, a mais dolorosa tarefa do cotidiano de um relações-públicas heterossexual. Entre as inúmeras fotos de loiras sorridentes que recortei, tantas que fariam um alienígena pensar que a Alemanha era aqui, uma nota de duas breves linhas fez o meu coração parar na boca.

Pródiga
Lila e Valtinho Menezes recepcionaram, eufóricos, a filha Marina, vinda de temporada na África do Sul.

Lila e Valtinho Menezes, meus ex-sogros, recepcionando Marina, minha ex-namorada. A nota não falava de algum possível marido sul-africano de Marina Menezes, mas eu sabia onde conseguir a informacão: não só eu tinha trabalhado com a jornalista que assinava a coluna, como havia ficado com ela em um evento social tão desinteressante que nos beijamos a noite inteira, mesmo um não sentindo a menor atração pelo outro.

– Mirinha? É Jonas.

– Oi, Jonas, posso ligar para você em seguida? Eu estou dirigindo e...

– Não dá tempo, Mirinha, o meu avião já vai sair. É só uma informação rápida: Marina Menezes, vi na sua coluna que ela voltou da África do Sul. Você sabe se Marina chegou a casar com um sul-africano que apoiava o apartheid, um tal de Tobi?

– Marina Menezes? Nunca ouvi falar, deve ser coisa do meu estagiário. Olhe, Jonas, eu vou ser multada.

– Claro, Mirinha, mas antes me diga o telefone do seu estagiário.

– Jonas, você não está entendendo, eu estou dirigindo e não posso falar, ligue mais tarde, tchau.

Esquecida dos meus beijos que tanto a divertiram em uma das festas mais chatas do ano, Mirinha desligou na minha orelha. No jornal ninguém soube informar o número do estagiário e o nome de Marina Menezes era desconhecido de toda a redação. Valtinho Menezes devia ter subornado o assistente de colunista social para figurar, mulher e filha a tiracolo, nas duas insignificantes linhas de um semanário de bairro com baixíssimo índice de leitura.

Em qualquer filme B o método investigativo que eu tentei seria um sucesso e eu descobriria se a minha ex-namorada voltava de viagem casada ou não. Na vida real, a única alternativa que me restou foi ligar pessoalmente para a casa de Marina.

– Sim?

– Marina, é o Jonas.

Felizmente era ela. Se Lila ou Valtinho atendessem, eu ainda precisaria conversar com eles por alguns minutos, fazer perguntas cujas respostas eu nem ouviria, fingir uma atenção que nunca existiu pelo destino dos Menezes.

– A vó Milu faleceu? A senhora devia ter me avisado, dona Lila. Eu gostava tanto dela. O tio Alex passou no vestibular de engenharia? Que beleza. A prima Fabiana noivou? Não me diga? Contra quem?

Mas agora as notícias que eu não precisaria saber tinham sido substituídas pelo silêncio de Marina. Talvez surpresa pelo meu telefonema, talvez impossibilitada de falar pela presença do tal Tobi. Sabe-se lá o que um homem ciumento é capaz de fazer, na África do Sul.

– Marina?

– Oi, Jonas.

– Soube da sua volta. Gostaria de conversar com você.

– Se você quer falar sobre reconciliação, não existe a menor possibilidade, Jonas.

– Você me informou que estava rompendo comigo por e-mail, Marina. Depois de oito anos de namoro. Acho que eu tenho o direito de ouvir pessoalmente o que aconteceu.

Eu adivinhava cada palavra que Marina iria me dizer, se aceitasse me encontrar, mas queria ouvir mesmo assim. E ao vivo, nem que fosse para vê-la mais gorda, como ela sempre temeu, e de cabelos cortados, como ela vivia ameaçando fazer e eu sempre consegui impedir.

– A gente pode se ver amanhã ao meio-dia, Jonas.

– Espero você na minha casa.

– Não. Em um local público.

Marina não admitia ficar sozinha comigo e eu fiz disso a leitura mais favorável à minha auto-estima: só podia ser medo de que uma recaída por mim interferisse no seu relacionamento com o sul-africano.

– Então vamos almoçar naquele restaurante que você adorava. Aquele, onde nós íamos nos momentos especiais.

Marina desligou deixando um almoço marcado no McDonald's. Talvez o nosso restaurante também trouxesse lembranças que terminariam na inevitável recaída. Por via das dúvidas, eu compraria lençóis novos e arrumaria o apartamento. Para o caso da saudade exigir providências imediatas da nossa parte.

Eu não gostava mais de Marina, não o bastante para recomeçar o namoro e os planos e as perguntas sobre a família Menezes. Mas a maneira como eu havia sido dispensado, por e-mail, sem sequer a consideração de um telefonema, exigia uma reparação formal. Não descartava a hipótese de reatar com ela e abandoná-la em seguida, a segunda vingança preferida de dez entre dez traídos. A primeira, assassinato seguido de suicídio, estava muito além da minha capacidade. Ligaria para Júlia contando do encontro, se Júlia não estivesse tão longe da minha vida. Era nisso que eu pensava quando uma mão enorme tapou minha boca, me impedindo de gritar. Imaginei todas as alternativas, assalto, seqüestro, cobradores, sem parar de me debater. A mão começava a me sufocar e precisei de toda a minha força para escapar em direção à janela. Se eu fosse obrigado a me atirar dali, estaria em péssimo estado para o encontro com Marina amanhã.

– Sou euzinha, querido.

Por um momento não reconheci a voz. Só por um momento. Virei para a voz reconsiderando minha incompetência para o assassinato.

– Você ficou louca de vez?

Parada onde há poucos segundos eu me julgava perdido, Bel sorria, como se apanhada no que para ela havia sido uma brincadeira.

– Você quase me matou. Como o guarda deixou você subir?

– Ele sabe que eu sou sua mulher. Que eu estava trazendo o seu jantar.

– Bel, não torne as coisas mais difíceis do que elas são.

Durante a noite inteira, no sofá do escritório, repeti a Bel todas as minhas razões para romper com ela. Me assumi egoísta, superficial, leviano, me auto-intitulei o pior homem do mundo. Não que eu pensasse isso de mim, era apenas uma forma da Bel sentir menos a minha perda. Garanti que uma garota maravilhosa como ela em breve encontraria alguém que a merecesse de verdade, no que eu acreditava sinceramente. Ela chorou algumas vezes, abusou de mim outras tantas e, quando o dia começou a amanhecer, achei que era a hora de levá-la para casa pela última vez.

– Se você se arrepender, Jonas, eu vou estar esperando.

Por que as mulheres precisavam ser assim, magnânimas? Eu acabava de dar o fora na Bel por não gostar dela o suficiente e saía com a prerrogativa de voltar. Bastava eu mudar de idéia.

– Cuide-se, Bel. E não esqueça que eu sou seu amigo para sempre.

– Mais tarde eu ligo para saber como você está. E vou ficar com a chave do seu apartamento até pegar as minhas coisas. Ou quem sabe eu preparo um jantar para nós? Para a gente conversar mais um pouquinho.

Eu teria que mandar entregar as roupas dela. Eu teria que trocar a fechadura da porta. Eu teria que manter o celular desligado. O que mais eu teria que fazer para a Bel entender que era o fim?

JÚLIA VAI AO PASSADO

– Eu mal conheço Dora. Por que iria contar a ela?

Primeiro Neto me deixou falar e depois negou tudo com calma e sabedoria. Ele vinha do interior do sul do país, mas era impossível que não tivesse algum antepassado oriental na família. Eu, com um décimo daquela paciência, já teria aberto uma academia de ioga.

– Neto, eu só contei para você. Ninguém mais sabia. Gus e Cora não falaram para ninguém.

Então aconteceu algo que, pela primeira vez, me fez duvidar dele: Neto começou a brigar comigo da mesma maneira como eu sempre fiz, todas as vezes em que não tive razão. Defesa pessoal, em outras palavras.

– E se você acha que fui eu, então é melhor terminar aqui.

Eu estava na casa de Neto para ouvir que ele não era responsável pela inconfidência da fuga e, com o rumo que a história ia tomando, sairia dali sem essa certeza e sem namorado. Incrível como as coisas podiam dar errado de manhã tão cedo.

Peguei minha bolsa sem pressa, para dar a ele tempo de me pedir que ficasse. Caminhei até a porta devagar e ainda esperei alguns segundos antes de fechá-la. Neto continuou sentado do mesmo jeito, a cabeça entre as mãos.

Agora era só voltar para onde estava quando tive a brilhante idéia de falar com Neto: a vontade de chorar. Se ao menos o choro emagrecesse, com o corpo se liquefazendo, mas não, o peso se mantinha e o rosto ainda inchava. O meu, de fato, inchou muito, tanto que não pude mais sair, nem trabalhar, nem ver ninguém durante todo aquele dia.

Gus rompeu com Dora e comigo ao mesmo tempo. A diferença é que ela foi se recuperar em Miami e eu continuei analisando pesquisas de comportamento na NM Associados.

Neto me procurou alguns dias depois de propôr que terminássemos. Confessou não imaginar que sentiria minha falta como sentiu e eu não achei isso muito delicado da parte dele. Se Neto realmente gostava de mim como dizia, nunca me ocorreu que estivesse menos que desesperado com o nosso fim.

A vida continuou mais ou menos a mesma, exceto por eu nunca mais ouvir a voz de Gus do outro lado do telefone ou da minha porta. Sabia que ele estava morando com Cora e teria me decepcionado se isso não tivesse acontecido. Eu ainda esperava ver meu irmão no Guiness, categoria Matrimônios.

Cora conseguiu ser tão bem aceita na família quanto Dora e, como fosse idêntica à irmã, pareceu a todos que Gus continuava com a mesma mulher. Também foi fácil reverter a tatuagem do nome Dora em uma homenagem para Cora. Minha mãe contou que o tatuador transformou o D original em um grande C, onde rosas se entrelaçavam e desciam peito abaixo, rumo à região pélvica.

Se Neto contou para Dora sobre Gus e Cora, eu havia falhado nas minhas tentativas de descobrir. Nunca mais falei sobre isso, mas também não esqueci o que um dia quis saber. Feitas as contas, o episódio deixou alguma seqüela entre nós, como costuma acontecer com as histórias mal resolvidas. Comparava meu comportamento com Neto hoje com a forma como me sentia depois de uma enxaqueca: nos dias seguintes à ela, eu fazia tudo com muita delicadeza, com medo que algum movimento mais brusco trouxesse a dor de volta. E assim eu agia com Neto, medindo as palavras e pensando nos atos, para evitar qualquer crise.

João, o filho dele, foi quem mais gostou da reconciliação. O garoto se apegava cada vez mais a mim e logo eu consultaria um advogado para saber das possibilidades de ficar com a guarda dele, na hipótese sempre presente de que o namoro com Neto chegasse ao fim. Com todas as suas manhas e o seu humor oscilante, João, ao contrário do seu pai, me parecia mais encantador a cada segundo. Se os equipamentos eletrônicos evoluíam a cada geração, acho que com os homens isso também acontecia.

Com a ligação cada vez mais forte entre João e eu, passei a estimular a produção literária de Neto em todos os momentos livres. Enquanto ele escrevia histórias sobre a abelhinha que não gostava de açúcar e o urso polar que sonhava em conhecer os trópicos, eu me dedicava exclusivamente ao menino. Neto agradecia o meu interesse pelos seus livros, sem desconfiar que eu me interessava mesmo era pelo seu filho. Na verdade, eu estava traindo Neto com outro homem dentro da casa dele e não havia sexo envolvido, o que tornava tudo mais grave. Era apenas amor.

Os finais de semana em que João ficava com a mãe aos poucos foram perdendo a graça para mim. Meus assuntos com Neto diminuíam e, sem o garoto, as afinidades entre nós quase não existiam. Nada de muito grave, até onde eu podia lembrar, era isso que acontecia com todos os namoros, antes de virarem casamento. Eu não ia desistir de Neto, não ainda, mas resolvi que preferia ficar sozinha naquele sábado. Depois de um almoço na casa da avó dele e uma tarde de sexo como meu pai e minha mãe não fariam melhor, levantei da cama e comuniquei que precisava trabalhar.

– Mas o que você precisa fazer de tão urgente? O escritório está praticamente parado.

– E quem disse que eu só posso trabalhar para o escritório? Você não escreve, não tem seus projetos? Hoje eu vou começar os meus. Amanhã eu ligo.

Sempre que eu falava em ligar sem intenção de cumprir, lembrava de Jonas fazendo a mesma promessa no portão do meu prédio. E sempre eu sentia uma mistura de tristeza e saudade, tanto tempo depois de não haver mais nada. Histórias mal resolvidas deixam seqüelas, alguém já disse. Acho que fui eu, alguns parágrafos atrás.

Fui para a minha casa com o objetivo único de ali ficar, mas uma recaída adolescente me deixou com a sensação de estar perdendo um sábado decisivo. Era preciso sair, dizia uma Júlia de dezesseis anos que eu não imaginava que ainda vivesse em mim. Com certeza Neto não se importaria se eu convidasse um casal de amigos para beber um pouco, mas quem convidar? Pensei em Preta e Ronnie, que eu não via desde a faculdade de Relações Públicas. Ronnie chegou a ser o meu grande amor por alguns dias, mas só até conhecer Preta. Os dois se apaixonaram assim que um viu o outro, e Ronnie me contou isso na noite em que eu planejava dormir com ele pela primeira vez. A minha primeira vez.

– Por favor, a Preta está?

– A Dona Preta saiu. Quem deseja?

Ninguém. Ou, pelo menos, eu não desejava a Preta, queria apenas falar com ela.

– É Júlia, uma amiga. E o Ronnie, está?

– Um momento que eu vou chamar o doutor.

Ou Ronnie era advogado ou médico, ou a empregada dele, como a grande maioria dos serviçais, acreditava que doutor fosse o masculino de dona.

– Quem é?

– É Júlia, Ronnie. Quantos anos, hein?

– Júlia?

– Da faculdade. Vai dizer que você esqueceu?

– Júlia da faculdade, quantos anos, como vai?

Ronnie não lembrava de mim, estava claro na voz que me respondia. Sorte que eu não havia dormido com ele, ou o meu sábado terminaria em depressão. Decidi fazer o jogo e continuar conversando, até ser localizada em algum ponto obscuro da sua memória.

– E a Preta, como vai? Trabalha onde? Vocês têm filhos?

Preta era decoradora e os dois tinham três filhos, América, Itália e Israel. Tudo indicava que eles adoravam nomes de inspiração geográfica.

Ronnie continuou falando sem saber muito bem para quem contava tantas intimidades, até que acordou.

– Júlia, minha namorada Júlia. Por que você não disse antes?

– Puxa, Ronnie, finalmente. Nunca lhe disseram que é crime fazer uma mulher se sentir insignificante?

Duas horas depois, eu vestida como nos meus melhores momentos para Ronnie ver tudo o que havia perdido escolhendo Preta, ia encontrar meus velhos amigos no Papo's, o bar perto da faculdade onde, há muito tempo, nós discutíamos política e sexo.

Eu tendo apenas conhecimentos teóricos sobre os dois temas.

JONAS VAI AO PASSADO

Quando eu disse a Nelson que encontraria Marina, ele não entendeu.

– Você acaba de se livrar de um problema e já vai atrás de outro.

– Não seja otimista, Nelson. Eu ainda não sei se estou livre da Bel.

– É isso que não dá certo. Você nunca encerra os seus assuntos, não pára de acumular mal-entendidos. Marina terminou com você por e-mail. Bel acredita que vai continuar preparando o seu jantar. Joana liga de Paris para dizer que está voltando por sua causa, e tudo o que você queria era comer uma garota em um país estranho. De Júlia você desistiu sem uma explicação, só porque achou que ela chupava mal.

– Eu não achei, ela chupava mal mesmo.

– Você, certamente, sempre foi perfeito com todas.

– Com a Bel eu devo ter sido. A mulher liga o tempo inteiro, diz que não pode viver sem mim. Que amigo, você. Olhe a encrenca que você me apresentou.

– Você tem medo de mulher, Jonas. Não sabe como agir se elas têm mais força ou mais personalidade ou mais tesão que você. Esse é o seu mal.

Medo de mulher. Nelson identificava assim a causa

das minhas dificuldades, embora eu absolutamente não concordasse com ele. Se eu tivesse medo de mulher, não passaria oito anos da minha vida com Marina, dividindo tudo, até as intenções de perder cabelo e criar barriga ao lado dela. Já com as outras eu nunca tive intenção alguma, apenas aconteceu.

– Tem medo de mulher, sim.

Eu poderia acabar com Nelson ou, pelo menos, com a minha amizade por Nelson, mas preferi levantar e ir para casa. Pensar que só bati na porta dele tão cedo porque precisava de apoio e compreensão.

Eu permitia que Nelson fosse o meu alter ego ou a minha consciência, dependendo da situação, e era útil que fosse assim. Pior seria ouvir apenas a mim mesmo nas minhas crises.

O relógio ainda não marcava nove horas e minha escala particular de stress já apontava índices de seis da tarde. Decidi não ir ao escritório, o que deu origem a mais uma discussão, a segunda do dia, agora com meu sócio Milton.

– Você deixou um pote de comida aberto no meio da sala. Imagine se um cliente visse.

– Milton, eu aqui, preocupado, e você vem me falar em um pote de comida? E quem iria ver, se há semanas não entra um cliente nesse escritório?

– A situação é complicada, Jonas. Eu estou tentando recuperar o nosso faturamento de todos os jeitos. E você, faz o que, além de ver televisão até tarde e abandonar os restos do seu jantar no meio do escritório?

Eu era o meu maior motivo de preocupação naquele momento, mas não iria dizer isso a Milton. Melhor discutir pessoalmente e mais tarde as saídas para a crise financeira do nosso escritório. Se é que elas existiam.

– Vou resolver algumas coisas e depois passo aí, Milton.

– Não esqueça que nós temos reunião ao meio-dia com o candidato a vereador que quer nos contratar.

– A idéia do vereador foi sua. Almoce você e faça com que ele pague a conta. Para a gente se beneficiar de um desvio de verbas públicas uma vez na vida.

Milton chegou a me ameaçar com o fim da sociedade, mas eu não trocaria o meu almoço com Marina nem por um senador da república. Eu não tinha medo de mulher e ia provar enfrentando meu maior fracasso, a namorada que havia preferido um desconhecido aos oito anos de vida em comum comigo.

Às onze e meia eu estava na frente do McDonald's. Com flores, que neste momento jaziam na lata de lixo a minha frente. Ridículo trazer rosas vermelhas para a mulher que me deu um pé na bunda.

Marina apareceu quarenta minutos depois do combinado e além dos trinta que eu já esperava por ela. Suas primeiras palavras: temos que ser rápidos, às duas eu tenho um compromisso. Não insinuou uma desculpa pelo atraso, não sorriu ao me ver, não perguntou como eu ia. Pior: contrariando todas as minhas expectativas, fez tudo isso com a tranqüilidade de uma mulher bonita que se sabia ainda mais bonita, separada de mim.

Enquanto ela caminhava à minha frente, avaliei o que um dia tinha sido meu. Marina estava mais magra, mas não era só isso. Mesmo sem tocar, eu podia adivinhar carnes mais rijas, mais firmes, como sempre preferi.

– Malhando muito?

Em vez de discorrer sobre o seu programa de boa forma, Marina limitou-se a olhar para cima, entediada. O silêncio só não era mais constrangedor porque jamais existirá silêncio em um fast-food lotado de adolescentes consumindo gordura em estado bruto.

– Eu sei que você não queria estar aqui, Marina, mas fiz questão deste encontro para ouvir o que levou você a me deixar. Acho que eu merecia mais que um e-mail de despedida depois de oito anos. Você reduziu oito anos da minha vida a algumas linhas e eu até podia perdoar, se você não tivesse ficado mais bonita na mão desse Tobi. O que deu errado, Marina?

Nada, ela disse. Tudo, ela disse também. Simplesmente o hábito de estarmos juntos havia substituído a vontade e Marina se achava moça demais para terminar assim. Isso numa opinião simplista, que desconsiderava toda a minha dedicação de namorado exemplar.

– Exemplar também não. Pensa que eu não sei da Anelise? Da Rita? Da Débora, minha própria prima?

Marina ia enumerando minhas escapadas do passado, todas sem importância, breves romances que eu jamais imaginei que ela conhecesse. Alguém já havia me falado sobre a rede de espionagem mantida pelas mulheres nos bares e inferninhos da cidade, que tornava praticamente impossível não ser visto por uma amiga da colega da vizinha da empregada da tia da conhecida da depiladora da sua namorada, se você resolvesse levar uma garota de ocasião para o que lhe parecia um lugar discreto e seguro.

O tal Tobi havia surgido por acaso em uma noite de sábado. Ou, como ela observou, em mais uma noite de sábado onde eu dormia de cuecas na frente do vídeo. Marina então entrou em um chat para se distrair e esse foi o meu fim.

– Você me traiu dentro do meu próprio computador, Marina.

Ela estava no Brasil tratando da mudança em definitivo para a África do Sul. Para morar em uma pequena cidade onde o médico Tobi atendia crianças no único e precário hospital da região.

Antes das duas da tarde, Marina me desejou boa sorte com um beijo no rosto e desapareceu. Agora eu entendia: ela estava trocando a rotina de um amor cansado por um novo amor que logo viraria rotina. Um desfecho banal que eu poderia ter evitado de duas maneiras.

1. Facilmente, já que eu esperava de mim um desempenho melhor que o de meu pai, sempre dormindo de cuecas na frente de um vídeo.

2. Dificilmente, já que a minha noção de intimidade incluía dormir de cuecas na frente da minha mulher e do meu vídeo.

Meu passado era um lugar bom demais para Marina ficar. A partir de hoje ela faria parte das minhas sombras e eu mandaria apagá-la dos porta-retratos da sala, como acontecia com os dissidentes na antiga União Soviética. Coisa que eu não suportava era um homem abandonado que sabia perdoar.

No escritório, encontrei Milton e o vereador buscando idéias para a campanha política. Peguei a garrafa térmica do café e me juntei a eles, ansioso por mostrar produção e eficiência. As discussões teóricas, principalmente com mulheres, agiam sobre mim como um estimulante para as tarefas práticas.

Às oito da noite tínhamos toda a estratégia para fazer de Jair Ferreira, nosso candidato, a maior revelação das urnas no ano. Amanhã mesmo eu iria acompanhar o vereador a São Paulo para providenciar a renovação do seu guarda-roupa, um corte de cabelo que o favorecesse e boas fotos em um estúdio conceituado. O lema da campanha também estava pronto para ser gritado pelas multidões nas ruas.

Para a coisa ir, vote no Jair.

Eu me sentia cansado, mas não queria voltar para casa. Os recados de Bel na caixa postal deixavam claro que a veria na minha cama. Aproveitei o fato de Nelson estar sozinho e preocupado comigo para obrigá-lo a ir a um pequeno bar perto da faculdade, o Papo's, com sua apóstrofe típica de pequeno bar. No Papo's eu havia tomado tantas bebedeiras quanto decisões, em uma época onde as coisas mais graves se resolviam com muito mais facilidade que agora. Ou talvez não fossem assim tão graves.

No Papo's eu conheci meu sócio Milton, quando nós acreditávamos que em poucos anos estaríamos tão ricos quanto os nossos futuros clientes, e conheci também Marina, que deveria ter sido a mulher da minha vida. No Papo's, onde eu filosofava sobre política e sexo, na época as duas maneiras que me pareciam capazes de mudar o mundo.

Em tempos que iam longe, muito longe do candidato Jair.

Os encontros de Júlia

O bar que freqüentávamos nos tempos da faculdade continuava igual, com cartazes de eventos estudantis aqui e ali e a porta do banheiro rabiscada de inscrições acadêmicas: Fernanda Galinha, Abaixo a Ditadura, Elis Vive. Até o único garçom era o mesmo, Dirceuzinho, como nós chamávamos e ele nunca ouvia, agora tratado de Seu Dirceu pelas novas gerações.

– Mas por que você nunca casou com os seus namorados?

Casada há mais de quinze anos, Preta não imaginava a vida fora do matrimônio. E não seria eu a abrir os olhos dela, não com Ronnie sentado na mesma mesa.

– Interesses diferentes. A gente acabava se distanciando.

– Pois eu casei de vestido branco e tudo. Lindo. Ronnie parecia um príncipe.

Agora que nenhum dos meus ex-namorados estava por perto, confesso que eu teria adorado casar na igreja, mesmo não acreditando em padres. Um bom tema para tratar na terapia de quarta-feira, que andava sem assunto desde o início do meu namoro com Neto. A vida sem conflitos era ótima, mas era um tédio.

– Pelo jeito, você nunca encontrou alguém que combinasse com você. Eu teria dispensado um por um desses namorados tão logo visse que não tinha futuro. Por que você ficou tanto tempo com cada namorado desses?

Se Preta fosse um slogan, certamente seria: alguém à procura de respostas. Eram tantas perguntas que eu me sentia em um talk-show sem platéia, entrevistada com o único objetivo de entreter minha entrevistadora.

– Eu gostava deles, Preta. Se existisse uma fórmula para não gostar de quem não combina com a gente, metade dos problemas das mulheres estariam resolvidos. Ficava faltando só a cura da celulite.

A visão que tive em seguida poderia bem ser causada pelo álcool, não bebesse eu apenas refrigerante light desde a minha chegada ao bar. Neto, o meu namorado Neto, perfeito a ponto de justificar uma hora semanal de tédio na minha terapia, acabava de entrar no Papo's com Dora, a ex-mulher do meu irmão. Os dois ficaram de pé, mais encostados um no outro que no balcão, enquanto ele tentava inutilmente atrair a atenção de Seu Dirceu.

Neto e Dora se comportavam como um casal que já saía há muito tempo. Às vezes ele beijava o nariz dela, da mesma forma como fazia com o meu. Muito próximos pelo pouco espaço do lugar, os dois aproveitavam a situação para se abraçar ainda mais, roçando ostensivamente os corpos. Mais um pouco e Seu Dirceu iria expulsá-los por falta de decoro.

Finalmente tudo se encaixava tão bem quanto Neto e Dora, em sua cena patética no balcão. Neto não tinha motivos para contar a Dora sobre a fuga de Gus e Janete porque mal a conhecia, na versão dele. Mas se mal a conhecia, porque deixava uma mão esquecida sobre a bunda dela, enquanto a que sobrou explorava todos os detalhes do decote da minha ex-cunhada?

Sempre sonhei em flagrar um namorado com outra em um bar, abrir espaço empurrando as bêbadas e os bêbados e atirar cerveja na cara dele, com copo e tudo. Agora que a ocasião se apresentava, rezei para que Neto não me visse, encolhida atrás de Preta.

– Aconteceu alguma coisa, Júlia?

– Aquele cara. Com a ruiva de collant. Aquele cara é o meu namorado.

– E quem é a ruiva?

– Por que você quer saber, Ronnie?

– Vamos disfarçar, pessoal. Eu não quero que ele me veja aqui.

– Não quer? Você tem que ir lá e fazer um escândalo, Júlia.

– Prefiro falar com ele mais tarde.

– Ah, se fosse eu. Eu matava o Ronnie aqui mesmo.

– Matava o Ronnie por quê? O que foi que eu fiz, Preta?

– É para você nem pensar em fazer.

Procurei esquecer Neto, Dora e o que acontecia entre eles na minha frente. Preta e Ronnie discutiam sua própria relação e achei melhor mudar de assunto, antes que ela atirasse a cerveja com mesa e tudo na cara do marido. Hora de desviar a atenção do presente falando do passado de todos nós. Para isso, afinal, eu havia procurado aqueles dois, para lembrar bons momentos e dar boas risadas, o que ainda não havia chegado perto de acontecer.

– Lembra da nossa formatura, Ronnie? Você só de sapato e meia, sem mais nada embaixo da toga.

– Como, Ronnie?

Contei para Preta que, sentado na última fila e protegido dos olhares da platéia e dos professores pelos companheiros, Ronnie abria um botão estratégico da toga e oferecia a sua intimidade de formando para as colegas que cruzavam o palco em busca do diploma.

– Quer pegar o canudo?

Infelizmente, Preta não se divertiu com a história.

– Foi uma brincadeira, Preta. Diga a ela, Júlia. E todos estavam fazendo, o Getulinho, o Dudu. Até o Róbson, você sabe, o Róbson, o evangélico da nossa turma.

Quinze anos de harmonia e tudo podia acabar em um segundo, graças a minha infeliz intenção de resgatar nossas memórias. Cabia a mim reverter a situação, já que as tentativas de Ronnie nesse sentido caminhavam rumo ao fracasso.

– É verdade, Preta, todo mundo mostrava para todo mundo naquela noite, sem maldade. Eu mesma mostrei, foi muito divertido.

– Ela mostrou para você, Ronnie?

– Se eu vi, não me marcou.

Insensível. Eu mentia para convencer Preta do quão aceitável era Ronnie se exibir para as colegas da formatura e ele me retribuía desprezando o que não viu e jamais iria ver. Para completar, minha intervenção piorou o quadro: Preta passou a achar que Ronnie e eu mantínhamos um relacionamento clandestino, à época.

– Eu não nasci ontem, Ronnie. Vocês namoravam antes de mim. Se ela mostrou, foi para ver se você voltava. Você ficou com ela naquela noite, Ronnie? Dela eu podia esperar isso, mas de você, nunca.

Eu já não era Júlia, era Ela, pronome de tratamento que, na boca de uma mulher enciumada, assumia dois significados.

1. Preta agora me desprezava.
2. Preta em breve perdoaria Ronnie e eu seria para

sempre o pivô da momentânea destruição da felicidade deles, execrada nas conversas com as amigas e eternamente citada em qualquer desavença de qualquer tipo entre o casal.

Quase uma da madrugada. Em um sábado normal, Neto e eu estaríamos na cama com a televisão ligada, atrás de algum programa menos ruim que nos acompanhasse enquanto o sono não vinha. A busca em vão pelos canais de TV se encerraria com uma obrigatória sessão de sexo, garantia de sono depois e durante o ato.

– Vamos embora, Preta. A gente conversa em casa.

Os dois saíram abraçados como dois namorados de sábado. Seu Dirceu, ocupado em abastecer todos os copos, não notava meus chamados tímidos de mulher abandonada, precisando desaparecer imediatamente dali. Abrir latas, matar baratas, tudo isso eu fazia sem o auxílio de um homem. Chamar o garçom levantando o dedo, essa era uma missão difícil para mim.

Foi de repente que as minhas tentativas de atrair Seu Dirceu perderam a importância. Um homem de pé, encostado no balcão, não tirava os olhos da minha mesa, talvez interessado nela, talvez em mim. A partir do segundo em que o vi, não enxerguei mais nada, e nem quis. Poderia amanhecer nos olhos dele, enquanto Seu Dirceu ia e vinha com suas cervejas e bolinhos.

O homem caminhou para a mesa, ou para mim.

– ...?

Ele perguntou com os olhos se podia sentar. Em seguida, cadeira colada na minha, abriu sua boca pela primeira vez. Para me beijar.

Obrigada, Meu Deus, por colocar Preta e Ronnie no meu caminho. Não fossem eles e eu não teria conhecido esses olhos, essa boca, esse beijo e sabe-se lá o que mais eu poderia conhecer hoje, se as coisas continuassem assim. Não sei quanto tempo ficamos ali, usando as línguas para algo mais eloqüente que palavras. Quando me pareceu que não havia mais ninguém no bar, quando já não se ouvia música e um som ao longe lembrava a louça sendo lavada, alguém falou.

– Com licença? O bar fechou.

Sem grandes compromissos para o dia seguinte, eu poderia esperar ali mesmo até a reabertura do Papo's. Continuei de olhos fechados e deixei que o homem resolvesse a questão com Seu Dirceu.

– Estou indo, Nelson. Você quer carona?

Aquela voz. Virei na direção dela, pedindo ao mesmo Deus que havia colocado o homem desconhecido na minha boca que me poupasse de mais uma provação.

– Júlia?

– Jonas?

– Ela é a Júlia?

E o homem era Nelson. O tantas vezes citado melhor amigo e vizinho de porta de Jonas. O que Jonas teria contado a meu respeito para deixá-lo tão surpreso?

– Bem, eu também já vou. Prazer, Nelson.

– Não. Você vai comigo, Júlia.

– Não esqueça que você veio no meu carro, Nelson.

– Não esqueça que já inventaram o táxi, Jonas.

– E vocês dois não esqueçam que eu estou de carro. Tchau, Jonas e Nelson.

Mas Nelson me acompanhou e pouco disse durante o caminho, ocupado em me beijar. Na boca dele e longe de Jonas eu conseguia rir da coincidência do encontro, mas estava decidida a encerrar o assunto ali mesmo. Estacionei na frente do prédio de Nelson e Jonas jurando que aquele que não acabava nunca era um beijo de despedida.

– Vamos subir, Júlia.

– Olhe, Nelson, foi tudo ótimo, mas eu não posso mais ver você.

– Ver é pouco para o que eu imagino que você possa fazer comigo. Vamos.

Fomos.

No final do domingo, conforme havia prometido, liguei para Neto. O telefone não atendeu. Saí do quarto de Nelson direto para o trabalho, na segunda de manhã, jurando que voltaria o mais rápido possível, tão logo o relógio marcasse sete horas e o fim do expediente. A sorte me ajudou a não encontrar Jonas esperando o elevador. Eu estava toda roxa, escabelada, com a mesma roupa desde sábado e ainda assim me sentia a mulher mais bonita da cidade. Mais umas duas sessões com Nelson e minha terapeuta perderia a paciente.

A primeira coisa que vi quando entrei na minha sala foram as flores na mesa. E o bilhete.

Espero você para jantar. Saudades. Neto.

Os encontros de Jonas

Pouco havia mudado no Papo's desde que eu tinha estado pela última vez lá. Conhecia todas aquelas cadeiras, e as mesas, com seus tampos de madeira descascada, continuavam convidando os freqüentadores a marcarem suas passagens com caneta Bic. Até o final da noite eu levantaria a toalha xadrez cheia de furos de cigarro para procurar o nome de algum conhecido.

Surpreso, vi o mesmo garçom do meu tempo, Dirceuzinho, servindo cervejas e bolinhos para os estudantes de hoje.

– É assim, chefia. A gente vai ficando e, quando vê, ficou.

Dirceuzinho agora era chamado de seu Dirceu pelas novas gerações. Incontáveis donos haviam passado pela casa sem modificar nada, o que incluía Dirceuzinho. Sem sair do bar, ele perdeu a oportunidade de evoluir para maître em um estabelecimento mais respeitável, e seguiu servindo calouros e veteranos ao longo dos anos.

– Mas por que você não comprou o Papo's? Não ficou sócio, pelo menos?

– Eu jamais teria um bar como esse, chefia. Eu sonhava com um restaurante de cozinha alemã, música de bandinha ao fundo, pessoas chegando de banho tomado para o jantar. Mas esses estudantes são todos comunistas, onde eu conseguiria um sócio capitalista se nunca saí daqui? Nesse lugar, chefia, sinceramente, foi melhor ser garçom e mais nada.

E lá se ia Dirceuzinho com sua bandeja, limpando as mesas e esperando o fim do próximo período de aula.

Diante dos nossos copos, Nelson e eu não falávamos. Eu sequer pensava, entretido com o movimento do Papo's. O bar, quase vazio há poucos minutos, rapidamente ficou lotado de universitários. Fiel ao seu método secular de servir, Dirceuzinho submetia os freqüentadores a uma longa espera antes de satisfazer suas vontades. Com isso, rotatividade era uma palavra desconhecida no Papo's. Quem chegava ia se acomodando em cima de quem já estava e ali ficavam todos, sem espaço e sem bebida, implorando pelo atendimento do garçom.

Uma garota de dezessete anos, não mais que isso, pediu para sentar na cadeira vazia da nossa mesa.

– Vocês são da Pós?

Óbvio. Dois sujeitos com mais de trinta em um lugar daqueles, se não fossem da Pós-Graduação, só podiam ser aliciadores de escravas brancas. Eu mesmo teria pensado assim, há alguns anos.

– Não, somos aliciadores de escravas brancas.

A garota não riu da minha resposta, nem voltou a se dirigir a nós. Mais alguns minutos e ela se foi, levando a cadeira. Nelson e eu ficamos sozinhos na mesa, dois velhos amigos que pareciam ainda mais velhos, comparados ao ambiente.

Então eu vi Maria Cristina.

– Mas o que você faz aqui?

Maria Cristina, minha colega durante toda a faculdade, era do tipo que nasceu para impedir um cara de se concentrar nos estudos, rainha disso e daquilo em todos os concursos de beleza estudantil. Nós, os homens da relações-públicas, raros porém insistentes, passamos os oito semestres do curso ocupados em estabelecer outro tipo de relações com ela, sem sucesso algum, até onde eu sabia. Maria Cristina acabou se envolvendo com o patrocinador de um dos inúmeros concursos de que participou, um homem casado que nunca largou a mulher por ela, fato incompreensível para nós, seus admiradores.

Ela e eu na mesma noite, no mesmo bar do passado. Devia ser um sinal do destino. Nelson tentava em vão atrair a atenção de Dirceuzinho e eu ofereci minha cadeira para que Maria Cristina contasse sua história triste de mulher mais bonita da turma.

O meu com César era um amor mau. Péssimo, na verdade. César avisou desde o primeiro dia que nunca iria abandonar a mulher, e eu disse que tudo bem. Sempre achando que nós acabaríamos ficando juntos.

– Mas se você gosta de mim, eu não entendo por que continua com ela.

– Uma coisa não tem nada a ver com a outra. Eu não posso largar quinze anos de casamento de uma hora para outra. Você é o momento. Ela é o sempre. Entendeu, minha filha?

Não, eu não entendia. Como não entendia a mania dele me chamar assim, minha filha, enquanto conversava comigo ou nos nossos encontros em algum motel distante.

Eu já tinha visto histórias como a minha incontáveis vezes, sempre que uma amiga se apaixonava por um sujeito casado. E como elas se apaixonavam.

Analice, uma brilhante bióloga que até encontrar o Dr. Marcos só tinha olhos para seus micróbios e protozoários.

Mas o Dr. Marcos era PhD em algum tipo de ciência, mostrou uma tese qualquer só para ela e ainda usava um jaleco com gola padre que o deixava lindo. Os dois viveram sua história de amor entre as quatro paredes do laboratório, que aliás pertencia à mulher do Dr. Marcos. O romance acabou descoberto. Entre a namorada e o emprego, Dr. Marcos escolheu a segunda opção e tratou de providenciar gêmeos na mulher, fortalecendo duplamente os laços do casamento. Agora me ocorre que ele deve ter clonado um dos bebês para parecer dois. Analice acabou demitida e hoje faz perfumes para vender de porta em porta.

Adriane. Era uma professora de pré-escola metódica e competente até cair de amores pelo Klaus, pai de um aluno. Pior que a mãe da criança fazia confidências e ainda pedia a Adriane que ficasse de olho no marido. Mal sabia que a professora já estava de olho e tudo o mais nele. Depois de confusões e tristezas sem fim, Adriane acabou desistindo de Klaus e foi dar aulas em uma comunidade indígena do Pará. Se acontecesse novamente de se apaixonar por um homem casado, ao menos entre os índios a poligamia era tolerada.

Poderia ficar dias e dias citando exemplos, só para concluir que o amor mau estava virando uma regra à minha volta. Então decidi passar minhas noites solitárias chorando menos e pensando mais, atrás de uma saída digna para o meu caso. Entre todas as alternativas que me apresentei, enfiar a cabeça no microondas, mudar para a comunidade indígena de Adriane, ser voluntária para uma vacina, preferi a que me pareceu mais eficiente: me magoar de propósito, me machucar muito e fazer todas as coisas que o bom-senso proíbe fazer quando se namora um cara casado. Tudo pela decepção total.

Nesse ponto do relato, Nelson pediu licença para se retirar. Procuraria Dirceuzinho, segundo disse, mas, se eu conhecia meu amigo, ele iria atrás de uma história mais feliz para um sábado do que essa que Maria Cristina contava. Ao menos pude sentar na cadeira ainda quente que ele deixou.

Comecei em uma sexta-feira, tradicionalmente dedicada à mulher oficial, preparando desde cedo um jantar maravilhoso e comprando um vinho maravilhoso e ficando maravilhosa em um salão de beleza caríssimo. Seis da tarde, liguei para César.

– Querido, que saudade.

– Eu também, minha filha, eu também.

Perfeito: a voz mostrava a irritação dele com o meu telefonema.

– Tenho uma surpresa para você: um jantar feito por mim e, depois, eu. A sua sobremesa favorita.

– Minha filha, tem alguma coisa errada com você. Esqueceu que hoje é sexta?

– Por isso mesmo. Amanhã você dorme até mais tarde e se recupera.

Nada é mais previsível que um homem irritado. O próximo passo seria César me chamar de meu amor, como todos fazem quando estão perdendo a paciência.

– Olha, meu amor, eu adoraria encontrar você, mas combinei de levar a Mãe ao cinema.

– Por que você chama sua mulher de Mãe se vocês não têm filhos?

– O jeito como eu chamo minha mulher não lhe diz respeito, minha filha. É impressão minha ou você está querendo me irritar?

– Eu só queria ficar com você esta noite, só isso.

– Mas esta noite eu não posso. Puxa, você sabe que eu não posso. Desse jeito a gente acaba brigando.

– E o jantar que eu fiz, o cabelo que eu pintei, faço o que com isso?

– Convide uma amiga para jantar na sua casa hoje. E o cabelo eu vejo na segunda-feira, certo? Segunda, o nosso dia.

As coisas saíam conforme o meu próprio roteiro, mas nem por isso eu deixava de sofrer. Restava agora deitar no escuro com as minhas lágrimas, enquanto o jantar estragava em cima do fogão.

No final de semana, liguei várias vezes para o celular de César, que nunca atendeu e acabou desligando o aparelho. Continuei insistindo para ouvir a gravação da companhia telefônica transmitir o que ele estava querendo me dizer: eu estou temporariamente desligado ou fora da sua área. Tente novamente daqui a cem anos.

César não me procurou na segunda, o nosso dia. Devia estar furioso com as minhas investidas do sábado e do domingo. Enquanto o diretor-presidente passava cartas e mais cartas para redigir, suportei bem o telefonema que não veio. O problema foi chegar em casa e enfrentar a falta que um amor mau faz.

Amor mau é vício e como tal deve ser encarado. Eu quase poderia escrever um livro de auto-ajuda, com tantas teorias. Isso considerando que sobrevivesse à prática.

Neste momento eu estava em plena síndrome de abstinência. Não sei quantas vezes peguei o telefone e desisti antes de completar a ligação. Eu suava, chorava, bebia, fumava e lia o meu horóscopo e o dele, tudo ao mesmo tempo. Resolvi passar os próximos dias na cama, minha mãe cuidando de mim e nenhum contato com o mundo exterior.

Então César ligou na quinta-feira e tudo perdeu o sentido. Não só atendi como o obriguei a estar em cinco minutos no meu apartamento, de onde ele saiu às onze da noite preocupado com possíveis vestígios.

– A Mãe não pode desconfiar. Ela sente um perfume estranho a quilômetros. Acho melhor você borrifar Bom Ar no meu casaco.

César gostava de verdade da Mãe, ou tinha medo dela, ou não estava disposto a dividir o patrimônio adquirido em comunhão de bens, ou era um romântico que queria envelhecer ao lado da mulher com quem casou. Mal acabava de me beijar, ia embora sem levar sequer meu cheiro de lembrança. Aproveitei para borrifar Bom Ar no olho dele também. Estava na hora de César chorar um pouco por mim, nem que fosse por uma córnea queimada.

A recaída só piorou tudo. A situação, agora, era de calamidade privada.

Passei a madrugada inteira no computador, listando os defeitos de César em um arquivo especialmente criado. Incluí os básicos: roncar, não guardar a pasta de dente, beber água gelada direto da garrafa; e outros que, até aquele momento, eu quase considerava pequenos charmes: andar sempre com o botão de cima da calça aberto, colar as respostas das palavras cruzadas, atender o telefone dizendo alô-lô-alô. A partir daí, sempre que a saudade batesse, eu relembraria um a um esses tópicos.

No final de semana fui para a casa da minha mãe. Uma amiga me levou ao cinema, jantei fora e dormi muito. Cheguei a passar dezoito horas na cama, me mexendo o mínimo possível. Vegetando para não pensar.

Na segunda-feira César ligou. Queria me ver e comemorar o nosso dia. Disse a ele que não me procurasse nunca mais e fiquei trancada no banheiro até ouvir o diretor-presidente gritar por mim. A carta para o fornecedor de Manaus não podia esperar pelo meu sofrimento.

Maria Cristina chorava. Eu resistia a tudo, menos a uma mulher tão linda chorando.

– Por que você não me procurou, Maria Cristina?

– Eu nem lembrava que você existia, Jonas.

Eu resistia a tudo, menos a uma mulher tão linda e grosseira chorando. E quem disse que as mulheres bonitas precisam ser educadas?

– E como termina a sua história, Maria Cristina?

– Não termina. Eu continuei uma vítima do amor mau, envolvida com homens complicados, cortando os pulsos por qualquer um, até que chegou ao escritório um estagiário de vinte e dois anos, meu novo assistente. Um garoto sem problemas, sempre tocando Bob Marley nas noites em que eu dormi com ele: *I want to give you some good, good lovin.* É por isso que eu venho aqui, Jonas. Onde mais encontrar garotos assim? Eu sou uma ex-viciada. Não posso relaxar.

Eu, com meus mais de trinta, não tinha a menor chance com Maria Cristina. Deixei a mesa livre para os planos dela e vi pelo menos três sujeitos se aproximando. Como eu previa, àquela hora, Nelson estava dentro da boca de uma garota. Me dispus a esperar por ele, e esperei. Quando Dirceuzinho terminou de lavar os copos atrás do balcão e o atual dono do Papo's já passava as correntes de ferro na porta, não me restou alternativa senão interromper meu amigo.

– Com licença? O bar fechou. Estou indo, Nelson. Você quer carona?

A garota parou no meio de um beijo e olhou para mim como se despertasse dentro de um pesadelo.

– Jonas?

– Júlia?

– Ela é a Júlia?

Júlia e Nelson aos beijos no bar. Felizmente, não poderia me acontecer mais nada nessa noite. Eram quase cinco horas e o ar já tinha cheiro de manhã.

Júlia tentou arrumar os cabelos e recompor a roupa. Corada e com os olhos brilhando, nem parecia a garota sem graça do nosso único encontro.

– Bem, eu também já vou. Prazer, Nelson.

– Não. Você vai comigo.

Nelson fazia questão de continuar o que tinha começado no Papo's, ignorando o que eu havia contado sobre Júlia. Mas eu era o melhor amigo dele e tentaria salvá-lo do constrangimento pelo qual passei.

– Não esqueça que você veio no meu carro, Nelson.

– Não esqueça que já inventaram o táxi, Jonas.

– E vocês dois não esqueçam que eu estou de carro. Tchau, Jonas e Nelson.

Nelson entrou no carro de Júlia e eu fiquei sozinho mais uma vez. Quando passei pelo apartamento dele, julguei ouvir vozes e barulhos não-identificados, que eu podia identificar perfeitamente.

Deitei de roupa e sem escovar os dentes. Tinha pressa de dormir antes que o despertador me chamasse e, cansado como estava, acreditei que conseguiria, se de repente dois braços de halterofilista não esmagassem meu tórax, no escuro do quarto.

Ou Bel devolvia a chave, ou eu morreria de infarto.

O INÍCIO DO FIM DE JÚLIA

Evitei Neto durante a manhã inteira, tarefa difícil quando se trabalha no mesmo escritório de quem se quer evitar. Mas a minha grande missão era ligar para Gus.

– Quero falar com você.

– Vai confessar que me traiu?

– Sem provocações, Gus. Espero você na lanchonete da outra quadra. Não, no buffet a quilo. Hoje eu preciso me alimentar bem.

Mais algumas sessões com Nelson e, junto com a minha terapeuta, eu dispensaria meu personal trainer. O método Nelson para eliminar calorias e gordurinhas com exercícios físicos vigorosos estava totalmente aprovado por mim.

No restaurante, com um prato que não faria feio diante de um trabalhador braçal, comecei a conversa com Gus.

– Neto está saindo com Dora. Agora sabemos como ela descobriu sobre você e Cora.

– Mas você contou para ele.

– Neto era o meu namorado, Gus. Eu não escondia nada dele. Se eu contar um segredo agora, você não vai contar para Cora, quando chegar em casa?

– Vou.

– Então esqueça essa briga e me ajude a entender a conexão Neto-Dora.

Gus também não imaginava como Neto e a ex-mulher dele acabaram tão próximos.

– Os dois mal se falavam. Nunca vi um perto do outro nas festas da família. É um mistério, Júlia.

– Quem sabe foi no Natal passado? Neto ganhou uma cueca de amigo secreto, disse que foi da vovó. Achei estranho a vovó dar uma cueca de presente.

– Acho que foi a vovó mesmo. Dora não entrou no amigo secreto.

Pensando bem, quando os dois tinham começado sua história extraconjugal e intrafamiliar não era o mais importante. Curioso era que eles tivessem começado. De qualquer forma, eu iria saber de tudo mais tarde, diretamente com Neto.

– Irmãos de novo?

Gus beijou minhas mãos, meus olhos, meus cabelos e onde mais conseguiu acertar, confessou suas saudades e disse que a vida era pior sem mim. O sucesso dele com as mulheres não me surpreendia. Se eu, irmã, ficava encantada com aquelas demonstrações de carinho, imagine todas as outras. Talvez por isso Gus encontrasse a mulher definitiva quatro vezes por ano. Ele atendia a uma demanda reprimida do mercado.

Eram poucos os homens como Gus, que vinham sem um item de fábrica masculino, vergonha de mostrar sentimentos. E a sorte havia me apresentado um deles na noite passada. Sempre que me falava do amigo, nas nossas intermináveis conversas telefônicas, Jonas dizia não entender por que as mulheres ficavam fascinadas por Nelson. Se nascesse plâncton ou outra forma de vida menos tosca que a dele, em uma próxima encarnação, quem sabe Jonas compreendesse.

– Cora e eu não estamos bem.

E assim eu voltei das minhas divagações sobre os homens e sua psicologia com uma visão mais moralista das coisas: eu admirava o romantismo de Gus, mas ele não precisava exagerar. O caso com Cora não devia ter dois meses, pelas minhas contas, e uma lista de confusões que incluiu o nosso rompimento por algumas semanas.

– Gus, você disse que era para sempre.

– E era, mas está no fim.

Ele se queixava como uma esposa insatisfeita. Cora trabalhava muito, deitava e dormia sem um beijo de boa-noite que fosse, saía com as amigas sem avisar e voltava para casa cheirando a caipiroska.

– Caipiroska, Gus?

– É a bebida preferida dela.

Só isso bastaria para o fim, mas havia também os outros indícios. Quem era eu para julgar a inconstância de Gus diante de um quadro desses?

Voltei para a NM Associados pensando em Nelson e no quanto seria proveitoso usar minhas energias para coisas mais úteis que fazer relatórios. Em um filme que vi há muitos anos, a mocinha lamentava não poder alegar doença para faltar ao trabalho, uma deixa para o bonitão que estava com ela completar: alegue saúde. Imagine se eu ligasse para avisar: chefe, não me espere hoje porque estou morrendo de paixão e saudade e tesão por um homem que conheci na noite passada. Até o sindicato apoiaria a minha demissão por justa causa.

Evitar um colega em um espaço físico relativamente pequeno não era a coisa mais simples do mundo. Encontrei Neto sentado na minha cadeira, escrevendo o que parecia um poema no laqueado da mesa.

– Como é dificil falar com você, Júlia.

– Só quando eu não quero falar, Neto.

– Posso saber qual é o problema?

– Pode, se você me contar primeiro o que fazia com a ex-mulher do meu irmão em um bar de estudantes no sábado.

Aconteceu mais uma vez. Como sempre, eu errava as minhas falas e começava pelo clímax, deixando para trás todas as perguntas e acusações que gostaria de fazer.

– Isso não é assunto para conversar aqui. Passo na sua casa mais tarde.

Ele não negou, Neto era digno demais para negar uma evidência. Infiel, porém digno. O resto da tarde eu passei sofrendo pela conversa definitiva que nós teríamos e mais ainda porque essa conversa adiaria a hora de encontrar Nelson.

Esperei Neto chegar recolhendo as coisas que ele foi deixando na minha casa, ao longo do nosso namoro. Impressionante a quantidade de meias. Feitas as contas, Neto e eu ficamos juntos por seis meses e trinta e dois pares. As meias dele estavam por tudo: nas minhas gavetas, no cesto da roupa suja, no armário do banheiro, embaixo da cama, dentro das minhas botas. Passada a tormenta, se um dia nos encontrássemos em um shopping ou entrando em um cinema, eu faria duas perguntas: por que ele abandonava as meias usadas pelo meu apartamento e como agüentava passar o dia seguinte sem elas, os pés nus nos sapatos sociais.

O espólio de Neto incluía também livros nas minhas prateleiras, um shampoo para cabelos grisalhos, uma embalagem com temperos de Provence em cima do fogão, duas garrafas de vinho ao lado da pia e vários brinquedos de João. Esta era a pior parte. Os brinquedos de João.

Nas últimas semanas eu havia diminuído voluntariamente o contato com o filho de Neto. A possibilidade do rompimento sem data marcada que existe em qualquer namoro passou a ser uma hipótese sempre presente nos meus pensamentos. Se eu tivesse algum talento para a paranormalidade, diria que estava adivinhando o fim.

Eu era tão apegada a João quanto ele a mim. Enquanto Neto escrevia suas histórias sobre a abelhinha que não gostava de açúcar e o urso polar que sonhava em conhecer os trópicos, João e eu assistíamos juntos a todos os desenhos animados da televisão e comíamos toneladas de hambúrgueres nas lanchonetes da cidade. Foi assim que terminamos íntimos, trocando confidências e revelando, no sofá, segredos encobertos pelo som da tevê eternamente ligada.

Às vezes, quando João ia embora no domingo, eu passava algumas horas odiando Tânia, a mãe genética, que podia tê-lo todos os dias. Mas só quando ele se comportava como um bom menino. Nas sextas-feiras em que João chegava mal-humorado sem explicação alguma, como os homens adultos, ignorando os meus carinhos e fugindo dos meus assuntos, como os homens adultos, eu ia para a minha casa jurando nunca mais falar com ele. Só para morrer de saudade até o próximo final de semana.

Entre as coisas de Neto, encontrei o álbum de figurinhas de jogadores de futebol que eu havia comprado para João. Quando recebeu o presente, o menino perguntou se podia trocar por um outro, de naves espaciais, porque não achava graça em abrir os pacotinhos e tirar de lá tantos sujeitos feios. A relação dele com o futebol, aliás, era estranha. Neto praticamente obrigava o filho a assistir aos jogos de todos os campeonatos, italiano, brasileiro e jamaicano, mas o garoto não tinha particular interesse pelo tema. Lembrei do dia em que João voltou de uma festa de aniversário contando que, por mais incrível que parecesse, o time dele havia vencido uma partida.

– Incrível por que, João?

– Porque o meu time era um caolho, um aleijado, duas meninas e eu.

– Mas por que você jogou nesse time?

– Porque nós sobramos. Ninguém nos escolheu. A gente era o resto.

Um menino lindo como aquele rotulado de 'resto' por ser um pequeno cabeça-de-bagre. Minha vontade era matriculá-lo imediatamente em todas as escolinhas de futebol da cidade e começar naquele instante um programa de treinamento que o transformasse no novo Pelé. Mas João não quis. Tanto o chamaram de perna-de-pau que agora ele próprio se considerava um, conformado em seguir pela vida protagonizando fiascos dentro de campo. O que só aumentava o meu amor por ele.

Na iminência de me separar de Neto, eu precisava assegurar meu direito de continuar vendo João para sempre. Entraria na justiça, se preciso. E já ligava para uma amiga advogada em busca de instruções quando o porteiro eletrônico tocou.

– Quem disse a você que eu fui àquele bar?

– Eu estava lá. Eu vi você com Dora.

Dei a Neto a versão parcial sobre o meu sábado, o tédio de estar em casa, a vontade de conversar com alguém, o encontro com Preta e Ronnie. A parte de Nelson foi censurada.

– Tudo isso eu compreendo. Só não entendo por que o Papo's.

– Foi o único bar que lembrei, quando Preta e Ronnie pediram uma sugestão. Pareceu uma boa idéia, resgatar memórias, essas coisas. E você, por que o Papo's?

– Eu sempre vou lá. Quando saio mais cedo do trabalho, quando você não pode me encontrar. Era o bar que eu ia quando estava na faculdade, o único onde o garçom me conhece.

– E por que Dora?

– Porque antes de Dora foi a outra Dora. E junto foi a Vera e a Karen e a Lúcia e a Dayse e a Dani e a Jó e tantas outras que eu nem lembro mais. Eu sou um compulsivo, Júlia. Mas posso me curar, se você ficar comigo.

O que eu ouvi em seguida era menos uma história que uma patologia. Neto, o namorado ideal, conseguia manter, sob a aparência de jornalista respeitado e escritor de livros infantis, um comportamento promíscuo que vinha desde as suas primeiras experiências sexuais, aos treze anos.

– Treze anos? Coitadas das suas coleguinhas.

Neto aprendeu a conquistar as empregadas do prédio, as babás da rua, as cozinheiras do quarteirão. Cada centavo que ganhava para lanches e passeios, ele economizava para gastar com as prostitutas. Virou cliente fixo de várias delas e, não raro, conseguia ser atendido de graça. A compulsão, como Neto chamava, foi que o levou a ser sempre um bom aluno, para receber prêmios em dinheiro dos pais, a passar no vestibular muito cedo, a morar sozinho com dezessete anos e a se formar rapidamente, tudo em busca de independência para exercer seu vício.

– Vício é um pouco demais, Neto. Deixemos por sem-vergonhice, mesmo.

Ele garantiu que era vício. Que tinha, inclusive, buscado auxílio diversas vezes, mas acabava sempre abandonando o tratamento por um ménage à trois de ocasião. Uma meretriz polinésia recém-chegada à cidade. Um bacanal na saída de um congresso de escritores.

– É como droga, só que é bom.

– E como você pode conciliar a sua vida com isso?

– Isso não é crime. Isso eu faço a qualquer hora, entre pagar uma conta e tomar um café, entre sair do escritório e encontrar você em um restaurante.

– Camisinha. Você sempre usou camisinha, espero.

Neto garantiu que sim, mas eu provavelmente amanheceria chorando na porta de um laboratório, primeira da fila para um exame de HIV. Ainda teria problemas com o meu hábito de suspender a camisinha tão logo o cara com quem eu saía passava à categoria de namorado.

– Eu nem sei o que dizer, Neto. Me preparei para escutar que você e Dora eram bons amigos e você me conta isso. Aquela história no nosso início, sobre a sua namorada ter trocado você por outra mulher. Era verdade?

– Não, Júlia. Eu tenho várias dessas histórias, para usar conforme o caso.

– Suas coisas estão no corredor. A gente termina aqui.

– Eu não quero terminar, Júlia. Eu preciso de você para me curar. Eu sei que vou conseguir, se você ficar comigo.

Que mulher não sonha, um dia, ouvir uma frase assim? Eu preciso de você para me curar. Se Neto fosse um alcoólatra, por exemplo, eu poderia até reconsiderar.

Mas o vício dele não merecia perdão, transar indiscriminadamente com qualquer mulher que atravessasse o seu caminho, inclusive com o uso de subterfúgios para atingir seus objetivos. E mais ainda porque, comigo, Neto nunca havia sido mais do que aplicado. Nunca nada que lembrasse o fauno que ele confessava ser.

– Não dá, Neto. Eu nunca mais vou confiar em você.

– Você fica me monitorando vinte e quatro horas, pronto. E tem o João. Ele vai sofrer muito, se você nos abandonar.

João. Agora eu tinha um ótimo argumento para pleitear o mátrio-poder. Sob a péssima influência do próprio pai, ele certamente cresceria como um desses tarados que se esfregam nas mulheres dentro dos ônibus lotados, ou como aqueles senhores respeitáveis que se viram para olhar a bunda de garotas que poderiam ser suas netas.

– Eu não vou abandonar João. Eu adoro o seu filho. E a gente já estava no fim antes disso, Neto. Não tinha mais graça. E sobre aquela noite, no Papo's... eu conheci uma pessoa.

– Uma pessoa? Uma mulher?

– Um homem, Neto. Você sabe que eu sou uma ortodoxa.

Falei tudo sobre o final de semana com Nelson, incluindo detalhes que deveriam ser omitidos. Eu não queria figurar como mais uma pobre namoradinha enganada nas lembranças do sátiro que saía da minha vida neste instante.

– Se não der certo com ele, eu vou estar esperando.

– A gente se fala, Neto. Nem que seja porque trabalhamos juntos.

Passava da meia-noite quando Neto foi embora. Na secretária eletrônica, três recados de Nelson e a mesma mensagem: você não vem? Em menos de quinze minutos ele abria a porta do prédio para as minhas saudades. Eu tinha uma longa história para contar, mas só depois, bem depois que a vontade de beijá-lo fosse embora para longe da minha boca. Era bom que o elevador chegasse logo, ou Nelson teria problemas na próxima assembléia do condomínio.

– Oi, Nelson. Oi, Júlia.

Devia ser um novo tipo de maldição: cada vez que eu beijasse Nelson, Jonas se materializaria do nada com um Oi.

– Oi, Jonas.

Deixei para Nelson a missão de receber o cumprimento e continuar a conversa. Se algum dia houvesse uma divisão de tarefas na nossa história, Jonas seria responsabilidade dele.

– Como vão as coisas, Júlia?

Se algum dia houvesse uma divisão de tarefas na nossa história, caberia a Nelson falar por mim, sempre que Jonas me dirigisse a palavra. Enquanto isso não acontecia, só me restou responder.

– Ótimas. E estariam melhores há mais tempo, se você tivesse me apresentado o seu vizinho antes.

– Eu sempre disse a você que Nelson era uma grande figura.

– Eu diria que ele é muito mais que isso.

Subi abraçada a Nelson no elevador, segui assim enquanto caminhávamos pelo corredor e continuei abraçando enquanto ele tentava abrir a porta. Como sempre, a voz de Jonas.

– Boa-noite para vocês.

– Para você também, Jonas.

Nelson que desejasse boa-noite e tudo o mais que

se fala para um vizinho inoportuno em uma hora dessas. Eu tinha coisas muito mais importantes a dizer e esperava que Jonas não ouvisse.

– Tira a minha roupa, vai.

Pensando bem, até que eu não me importaria se Jonas ouvisse.

O INÍCIO DO FIM DE JONAS

Fui para casa alegando enxaqueca e sob os conselhos de dona Rosângela: fique no escuro de olhos fechados e aperte a testa bem firme contra uma parede, até passar. Se só passasse em três dias, o tratamento dela terminaria com um buraco na minha cabeça ou na minha parede. O fim da tarde se aproximava e eu tinha a noite inteira pela frente, para fazer não sabia o quê. Ligaria para Etienne de casa, já com um plano traçado, o restaurante onde jantaríamos, o bar onde esticaríamos, qualquer um, menos o Papo's, decidiria na hora apenas o apartamento para onde iríamos. Eu faria uma revista no meu, para o caso de Etienne preferir o covil do velho lobo. Uma calcinha da Bel esquecida em algum lugar não era algo que eu pudesse esconder com discrição no bolso da calça ou dentro da camisa.

– É Jonas, Etienne.

– Oi, querido.

– Oi, querido – o início prometia.

– A gente nunca consegue conversar direito lá na academia, então eu pensei em convidar você para jantar.

– Eu adoraria se hoje não fosse o aniversário da Cacá. Do aerobox, você sabe. Ela não convidou você?

Não, Cacá não havia me convidado e eu jamais iria, de qualquer maneira. Não tinha paciência para os meus colegas de supino e abdominais e se pensei em jantar com Etienne, foi apenas para ter companhia nesta noite.

No cinema do shopping passava um filme sobre três amigas que rodavam os Estados Unidos inteiros em busca do homem ideal, legítimo road movie para moças que eu desprezaria em outros dias. Mas essa não era a minha melhor época e terminei comprando um ingresso para a sessão das dez, único solitário em meio a casais que se beijavam compulsivamente.

Talvez o momento delicado começasse a fazer de mim um frouxo, mas o fato é que gostei do filme. Cheguei mesmo a me emocionar quando Charles, o homem ideal que as garotas descobriram nos confins do Tennessee, escolheu casar com Jessica, a mais feinha das amigas, que tinha um leve defeito na perna esquerda. Não deixava de ser irônico. Três mulheres vasculhavam os menores povoados da América atrás do macho perfeito, enquanto eu continuava sozinho e disponível em uma das maiores capitais brasileiras.

Fui direto para casa. Mais um casal se beijando, agora no saguão do prédio, piorou o meu humor. Piorou mais ainda quando identifiquei os dois.

– Oi, Nelson. Oi, Júlia.

– Oi, Jonas.

No nosso encontro anterior, no Papo's, também havia sido assim. Só Nelson falava comigo, enquanto Júlia mal me cumprimentava e depois se escondia nele. Decidi ser cruel.

– Como vão as coisas, Júlia?

– Ótimas. E estariam melhores há mais tempo, se você tivesse me apresentado o seu vizinho antes.

– Eu sempre disse a você que Nelson era uma grande figura.

– Eu diria que ele é muito mais que isso.

Nelson riu, orgulhoso dele mesmo. Ou talvez dela. Júlia me provocava como nos velhos tempos, pelo telefone, nas nossas conversas que podiam durar três horas.

Os dois subiram abraçados no elevador e caminharam abraçados em direção aos nossos apartamentos, que ficavam lado a lado. Eu seguia um pouco mais atrás. Nelson ia falando comigo alguma coisa sobre o jornal e um novo filme imperdível que entraria em cartaz. Fazia parte da nossa amizade ele me abastecer de informações cinematográficas, que depois eu repetia sem citar a fonte.

– Boa-noite para vocês.

– Para você também, Jonas.

Só Nelson me desejou boa-noite. Ainda ouvia os sons dos beijos vizinhos enquanto fechava a porta e logo ouviria muito mais, se os dois continuassem no mesmo ritmo. O quarto de Nelson ficava separado da minha sala por uma parede de cimento fina o bastante para permitir, tanto a mim quanto a ele, uma série de descobertas sobre a intimidade do outro. Geralmente eu achava muito engraçado e cheguei a me divertir com isso, voyeur auditivo dos encontros do meu amigo. Mas hoje eu não tinha a menor vontade de descobrir nada. Detestaria escutar uma cena de sexo oral selvagem e ficar convencido de que o problema, naquela longínqua noite, não era Júlia.

Era eu.

– Tira a minha roupa, vai.

Maldita Júlia. Eu não deixaria meus tímpanos testemunharem aquilo. Na área de serviço, ao som da empregada de algum apartamento próximo cantando um samba triste, liguei para mais uma possibilidade da minha lista. Lisiane.

– Alô, porra?

O homem que atendeu certamente dormia na cama de Lisiane, quem sabe com a perna em cima das coxas dela.

– Desculpe, foi engano.

Tentei assistir a um dos telejornais da madrugada e teria pegado no sono, não fosse aquela voz.

– Faz outra vez.

Júlia. Saí batendo a porta e esperando que o impacto interferisse na concentração de Nelson.

Quando vi estava no Papo's, contando minha vida para Dirceuzinho.

– Não fosse Marina ter me abandonado por um sul-africano, e eu hoje não estaria aqui, sozinho. Seria um cara casado. Talvez até com filhos.

Muitas vezes eu ficava falando sozinho, enquanto Dirceuzinho abastecia as mesas com cerveja na temperatura ambiente. A cerveja no Papo's era sempre servida na temperatura ambiente, qualquer que fosse ela. Então Dirceuzinho voltava e a conversa seguia como se nunca tivesse sido interrompida.

– Acho que eu lembro da Marina, uma morena alta.

– A Marina era loira e pequena, Dirceuzinho.

– Chamaram na mesa seis. Dá licença, chefia.

E lá ia ele com sua bandeja, me entregando à solidão mais compacta de todas, a de um balcão de bar.

Fiquei no Papo's até o último estudante de comunicação sair. Ajudei a recolher alguns copos e levei Dirceuzinho à parada de ônibus. Se ele não morasse tão longe, em alguma cidade da área metropolitana de onde eu jamais encontraria o caminho de volta, teria preferido deixá-lo em casa a entrar sozinho na minha.

Ligar para Bel às três da madrugada não foi uma fraqueza, foi a aceitação dos meus limites.

– Vamos terminar com essa bobagem, Bel. Eu gosto de você e a gente vai ficando assim, por enquanto.

A gente ficaria assim enquanto você fosse a única mulher do mundo a perceber o grande cara que eu era, Bel. A gente ficaria assim enquanto eu não conseguisse que uma outra, qualquer outra, aceitasse um convite meu para jantar. A gente ficaria assim enquanto eu não soubesse o que fazer da minha vida e isso seria bom para você também, Bel, que gostava de mim como ninguém que eu pudesse lembrar nesse momento.

Ela veio com suas saudades, suas sacolas e seu computador, e subiu sem a ajuda do motorista do táxi ou do porteiro da noite. Depois que já tinha feito comigo várias coisas novas, daquelas que inventava a cada sessão, Bel me abraçou e dormiu, um abraço tão forte que eu não poderia sair dali nunca mais, se ela não acordasse. A vontade de mijar não me deixava pegar no sono e mesmo sem querer eu comecei a prestar atenção no único barulho do prédio àquela hora, gemidos que ninguém se preocupava em abafar, tão fortes que pareciam estar dentro do meu quarto.

A noite ainda não havia acabado para os meus vizinhos.

– Faz outra vez.

Júlia certamente mataria Nelson, e eu não queria estar ao lado para ouvir. Remover Bel de cima de mim deve ter levado uns quarenta minutos, tempo para Nelson fazer sabe-se lá o que com Júlia pelo menos mais duas vezes. Quando enfim me libertei do abraço, deitei no sofá da sala sem coberta e sem mijar, para despertar um pouco depois, sete da manhã, o rádio-relógio tocando um axé como se fosse terça-feira de carnaval. Eu cansado como se fossem sete da noite.

Algumas decisões de Júlia

Tomar banho no box de Nelson, gastar o sabonete de Nelson, aplicar o shampoo de Nelson, que nem era do tipo indicado para os meus cabelos e mesmo assim fazia com que eles parecessem saídos de um anúncio da Wella, usar a toalha de Nelson, quando não o próprio Nelson, mal eu terminava o banho. Assim começavam os meus dias, depois de Nelson.

Hoje eu agradecia a Deus pela minha existência de tédio, anos e anos de sono estocado, única explicação para a aparência jovem e descansada que eu conservava, após tantas noites sem dormir. Todas, depois de Nelson.

Eu precisei da minha vida inteira para descobrir um cara como aquele e não iria desperdiçar oito horas em vinte e quatro apagada em uma cama, com tudo que havia para ser feito. Mesmo que eu tentasse fechar os olhos quando Nelson adormecia, algo em mim não desligava. Um dia eu dormiria novamente, mas só quando estivesse recuperada dos trinta e tantos anos que passei sem ele.

Cheguei até Nelson depois de um número considerável de experiências e de acrescentar ao meu comportamento sexual alguma coisa de cada homem que conheci. Dos que valeram a pena, evidentemente. Talvez fosse assim com todas as mulheres, esse aprendizado de devassidão ao longo dos namorados e maridos e eventuais affairs, um caminho que se tornava necessário percorrer para um dia atingir o mestrado e o doutorado e o PhD em depravação, como hoje me acontecia. Pobres de todos os que me tiveram e não quiseram, dos que me comeram e não voltaram, dos que prometeram e não ligaram. Eles jamais imaginariam o que estavam perdendo.

– Acorde, Júlia.

– Eu não dormi ainda, Jonas.

– Eu que o diga, Júlia, eu que o diga.

Péssima maneira de interromper um bom pensamento. A eterna possibilidade de encontrar Jonas enquanto eu esperava o elevador, ameaça de todas as manhãs, finalmente se tornava real.

– Dei bom-dia umas quatro vezes, antes de você me ouvir.

– Eu estava distraída.

– Você e Nelson. Quem diria, Júlia.

– Seu melhor amigo e sua ex-amiga.

– Você não é minha ex-amiga. Na verdade eu continuo sendo seu amigo, nem sei por que a gente se afastou.

– Eu tentei perguntar, mas você nunca atendeu o telefone.

– Você ligou? É estranho, não ficou registrado no meu aparelho. O sistema celular, Júlia, você já deve ter ouvido sobre isso, está engatinhando no Brasil. Ainda falta muita técnica para o setor.

O elevador chegou quase lotado, interrompendo as explicações de Jonas sobre a telefonia celular. Havia lugar apenas para mais um, e a etiqueta recomendava que o um fosse eu. Entrei rapidamente, antes que Jonas resolvesse desafiar este princípio básico do cavalheirismo. Agora bastava pegar o carro e torcer para não encontrá-lo nunca mais, nem que para isso eu começasse a sair mais cedo. Ainda não havia perguntado a Nelson o que ele sabia sobre Jonas e eu, mas com certeza ele sabia. Perguntaria hoje, se me sobrasse tempo entre um beijo e outra perversão.

– Preciso falar com você, Júlia.

Parecia um filme de terror da minha adolescência, A Volta dos Mortos-Vivos. Jonas me esperava na saída do prédio, suado pelos seis andares de escadas que havia descido.

– Agora quem não quer sou eu, Jonas.

– A gente precisa falar, pelo jeito ainda vamos nos encontrar muitas vezes, quem sabe até pegar o elevador juntos. Já pensou, seis andares conversando sobre o tempo, você perguntando se chove e eu respondendo que talvez? Antes disso acontecer, eu gostaria de esclarecer algumas coisas com você.

– Escreva. Eu devo ter aqui um cartão com o meu e-mail.

– Pego você para almoçar.

– Hoje não dá, Jonas. Quem sabe outro dia.

Jonas era ainda pior do que os que me comeram e não voltaram, ele nem ao menos tinha se dignado a comer. E não por falta de insistência minha. Mas bastou o melhor amigo dele demonstrar interesse para a indiferença de meses ser reconsiderada.

Fui obrigada a derrubar três colegas e a garrafa térmica do café para atender o telefone que tocava sem parar na minha mesa.

– Oi. É Neto.

– Oi, Neto.

– Preciso falar com você, Júlia.

Ele repetia as palavras de Jonas. Pelo jeito, os dois acordaram pensando na mesma coisa.

– Você não que tomar um café?

– O assunto é longo. Pego você para almoçar.

Os dois pensaram mesmo na mesma coisa. Em mim ou no buffet executivo da esquina? Eu engordaria vinte quilos se aceitasse todos os convites para almoço dos meus ex. Mas Neto possuía certos direitos adquiridos, ainda que perdidos, e eu ouviria o que ele tinha a dizer.

– Meio-dia e quinze na portaria. E não atrase porque eu detesto esperar perto de porteiro.

– Então eu aceitei e viajo na sexta.

Neto acabava de ser contratado por um jornal paulista e se despedia hoje da NM Associados.

– Fico feliz, Neto. Você escreve bem demais para ser assessor de imprensa.

– Eu volto no final do mês para lançar meu novo livro. A Zebrinha Que Queria Ser Colorida. Trouxe um exemplar para você.

Na primeira página, depois da capa mostrando a zebrinha toda listrada de rosa, verde-limão e laranja, duas dedicatórias.

Para o João, que trouxe a cor para a minha vida.

E para a Júlia, que levou a cor embora.

– Puxa, Neto.

Nem que quisesse eu poderia terminar o almoço, não com as lágrimas transformando meu fricassê em sopa.

– O que houve, Júlia?

– Deve ser a cebola, Neto. Vamos embora daqui.

No banco da praça em frente, Neto se confessou arrependido por ter saído com todas as mulheres da cidade durante o nosso namoro.

– Eu não conseguia resistir, Júlia. Mas a minha nova psiquiatra garantiu que este é um problema que tem cura.

– Talvez não seja um problema, Neto. Depende da sua namorada aceitar ou não.

– Sei lá, Júlia. Tenho muita confiança na minha psiquiatra.

– Hum. Você vai acabar comendo a sua psiquiatra.

– Já comi.

Lamentei quando o relógio marcou duas horas e Neto me acompanhou pela última vez. Ficou combinado que eu ligaria para João todas as semanas e que sairia com ele sempre que nossas agendas permitissem.

A tarde passou toda entre os relatórios de um grupo de pesquisa qualquer. A mudança de emprego de Neto deixou em mim uma incômoda sensação de estar perdendo o meu tempo. Há alguns anos eu não fazia nada pela minha carreira, além de relatórios. Quando tudo começou, eu me imaginava uma relações públicas influente, com clientes e negócios importantes a serem promovidos pelo país inteiro. A realidade me encontrava todos os dias no mesmo lugar, produzindo arquivos e mais arquivos sobre pesquisas que, na maioria das vezes, sequer me interessavam. Chegava a hora de mudar a minha história também e eu tinha um forte motivo para isso. Nelson. As feministas, se ainda existiam, que não me ouvissem, mas eu era uma mulher movida a homem. E se queria fama e fortuna, grande parte se devia ao desejo de me mostrar interessante e bem-sucedida para Nelson.

Enquanto isso não acontecia, escrevi praticamente um livro inteiro tratando da percepção das consumidoras sobre um novo tipo de sabão de coco. Quando o telefone tocou, passava das sete horas.

– Júlia, é Gus.

– Já sei: você e Cora terminaram.

– Há três dias.

– E quem é a nova felizarda?

– Não existe felizarda, Júlia.

Cora não conseguiu suportar o sofrimento de ter roubado o marido de Dora, e não no sentido figurado. Extremamente ligada à irmã gêmea, ela desde pequena sentia tudo o que acontecia com a sua igual. Depois de ser abandonada por Gus, Dora passou a beber demais e quem acordava de ressaca no outro dia era Cora, logo Cora, que não suportava álcool. Na noite em que Dora resolveu sair com dois sujeitos ao mesmo tempo para se vingar, foi Cora quem amanheceu impossibilitada de sentar ou caminhar. Cora vivia apavorada com o que Dora pudesse cometer, o suicídio, algum autoflagelo ou uma suruba. Há três dias, Gus havia encontrado o apartamento vazio e um bilhete na cozinha.

Cansei de ter medo. Adeus.

Gus não conhecia o abandono. Até aquele instante, o rompimento de seus incontáveis relacionamentos sempre tinha partido dele. O casamento não ia bem e Gus fatalmente se apaixonaria por alguém, mas Cora acabou indo embora antes do tempo. Antes de outra, qualquer outra, chegar.

– Fiquei com um problema prático, Júlia. Amanhã é meu aniversário.

– Gus, é verdade. Esqueci completamente.

– Não foi só você. Ontem a mãe ligou me dando os parabéns. Faz tanto tempo que eu nasci que ela não lembra mais o dia.

– Preciso comprar o seu presente.

– Tem uma coisa melhor para você fazer por mim. Cora estava organizando uma festinha e me deixou com a geladeira cheia de cerveja. E patês. Imagino que ela e seus convidados não venham para a festa. Você me ajuda a terminar com isso? Pode trazer mais algumas pessoas, se quiser.

Ficou combinado que eu iria à casa de Gus com Nelson, para apresentá-los, e que providenciaria mais convidados, se encontrasse alguns pela rua. Não deveria esquecer também de levar os pães. Gus havia cuidado de muitas das minhas tristezas, com destaque para o abandono de Jonas. Agora eu retribuiria, tratando das dores dele como se fossem minhas.

O homem esperando o elevador para subir me fez lamentar não ter ficado até a meia-noite escrevendo relatórios.

– Eu disse que nos encontraríamos de novo, Júlia.

– Você tem compromisso para amanhã?

Em minutos eu consegui dois convidados para a reunião de Gus: Jonas e a namorada dele, Bel, provavelmente a garota estilo jogadora de rugby que eu havia visto no shopping. Ainda tentaria Preta e Ronnie, numa espécie de homenagem ao começo da minha melhor história. Preta e Ronnie, sem os quais não seria possível eu estar entrando agora no apartamento de Nelson, para mais uma longa noite sem dormir.

Algumas decisões de Jonas

Finalmente Bel tinha a minha chave de fato e de direito e estaria sempre na minha casa, na condição de namorada. Como ela exigiu.

– Eu quero que você me peça em namoro, Jonas.

– Ora, Belzinha. Você dizer isso depois de tudo o que aconteceu nessa madrugada, tomando o café da manhã completamente nua na minha cozinha, não parece formal demais?

– Peça, Jonas. Eu acho tão bonito.

Eu não iria brigar por um motivo tão idiota. Se Bel queria ser pedida em namoro, aqui estava eu, idiota o suficiente para pedi-la.

– Bel, você quer ser a minha namorada?

– Puxa Jonas, eu sonhei tanto com isso.

No minuto seguinte eu era levado de volta ao quarto para comemorar o início do nosso namoro do jeito que Bel melhor sabia.

– Não volte tarde. Hoje nós vamos ter uma celebração de Valentine's Day antecipada.

Com o tempo eu me acostumaria ao fim da minha vida de aventuras, que nem havia começado. Bel era uma garota cheia de qualidades, a principal delas ser completamente apaixonada por mim. Tratava-se de eu aceitar o meu fracasso como solteiro. O resto viria por si.

Júlia estava de olhos fechados, apoiada na parede do corredor. Podia estar dormindo ou morta e eu consideraria as duas hipóteses, depois de tudo o que tinha ouvido na noite passada.

– Bom-dia, Júlia.

Ia bater no braço dela, mas voltei atrás. Não eram poucas as histórias sobre reações imprevisíveis de sonâmbulos bruscamente despertados.

– Júlia, você está bem?

Talvez eu devesse chamar Nelson, certamente o responsável pelo estado dela. Era isso que eu faria, se Júlia não respondesse a algum estímulo agora. Antes que eu fosse visto com aquele corpo inanimado no corredor do prédio.

– Acorde, Júlia.

– Eu não dormi ainda, Jonas.

– Eu que o diga, Júlia, eu que o diga.

Ela voltou da sua letargia mais bonita do que eu lembrava. Estranho efeito esse que eu provocava, as mulheres pareciam ficar mais atraentes longe de mim. Faltava eu me separar da Bel e ela virar uma espécie de modelo do interior do Rio Grande do Sul, alta e loira e branca como era.

– Dei bom-dia umas quatro vezes, antes de você me ouvir.

– Eu estava distraída.

– Você e Nelson. Quem diria, Júlia.

– Seu melhor amigo e sua ex-amiga.

– Você não é minha ex-amiga. Na verdade eu continuo sendo seu amigo, nem sei por que a gente se afastou.

– Eu tentei perguntar, mas você nunca atendeu o telefone.

Eu sabia que Júlia acabaria tocando neste assunto, por isso tinha a resposta preparada há tempos e o culpado, cuidadosamente escolhido.

– Você ligou? É estranho, não ficou registrado no meu aparelho. O sistema celular, Júlia, você já deve ter ouvido sobre isso, está engatinhando no Brasil. Ainda falta muita técnica para o setor.

Esta era a grande vantagem das mulheres não entenderem de tecnologia e eletrônica: tudo que não tinha explicação podia ser explicado através delas. O sistema não registrou. A placa estragou. O servidor entrou em curto.

Mas Júlia não se mostrou interessada nas minhas explanações sobre telefonia e entrou no elevador lotado, me deixando do lado de fora. Desci os seis andares pela escada e correndo, para chegar antes dela ao saguão. Estava para nascer quem encerraria algum assunto comigo fechando a porta do elevador na minha cara.

– Preciso falar com você, Júlia.

– Agora quem não quer sou eu, Jonas.

– A gente precisa falar, pelo jeito ainda vamos nos encontrar muitas vezes, quem sabe até pegar o elevador juntos. Já pensou, seis andares conversando sobre o tempo, você perguntando se chove e eu respondendo que talvez? Antes disso acontecer eu gostaria de esclarecer algumas coisas com você.

– Escreva. Eu devo ter aqui um cartão com o meu e-mail.

– Pego você para almoçar.

– Hoje não dá, Jonas. Quem sabe outro dia.

Nelson tinha cedido a própria vaga na garagem do prédio para Júlia. Devia estar deixando o carro na rua ou talvez pagasse para estacionar no posto de gasolina da outra quadra, tudo pelo conforto de uma garota que conhecia há poucas noites. Não havia cavalheirismo que, por si só, justificasse aquilo. Júlia provavelmente andava chupando muito bem, para merecer tamanha gentileza.

Eu poderia esquecer todos eles, Júlia, Nelson e o meu condomínio inteiro se, chegando ao escritório, encontrasse uma estrela pornô me aguardando para tratar do seu relançamento como atriz dramática. Não era o caso. Na sala de reuniões, esperando por mim, estavam o candidato Jair, sua mulher, dona Rosângela, e um baixinho que fazia sua estréia na história.

– Jonas, você está atrasado. O vereador tem um compromisso em meia hora. Sejamos objetivos.

Em meia hora tratamos da faixa que seria colocada no futuro comitê, da visita do candidato a algumas escolas e postos de saúde onde ele jamais voltaria a pisar, se eleito fosse, e da participação mais efetiva de dona Rosângela na campanha. "Mais efetiva" era a solução para qualquer assunto discutido por nós.

Milton falou com convicção, como sempre fazia, independente de qual convicção se tratasse.

– A dona Rosângela sugeriu abrir os discursos do vereador falando do papel da mulher para uma sociedade mais justa. Ela gostaria que você escrevesse os pronunciamentos.

– Trouxe aqui algumas idéias para você trabalhar. Só o ponto de partida, claro, você pode criar também, se não fugir da linha. Desculpe, como é mesmo o seu nome?

Jonas, dona Rosângela. Relações públicas e não ghost writer de primeira-dama. Alguém que, graças à senhora e ao seu marido, repensaria quem era, para onde estava indo e que diabos fazia com Milton naquela sociedade sem futuro, tão logo vocês desaparecessem pela porta.

– Dona Rosângela, a senhora, na qualidade de mulher de vereador...

– Seria melhor dizer esposa de vereador.

O baixinho sentado ao lado do candidato Jair se dirigiu a mim pela primeira vez, para discordar do meu texto. Ele parecia um mini-homem, formalmente vestido com terno e gravata e usando uma barba longa demais para a sua estatura. Resolvi ignorar a intervenção.

– Dona Rosângela, como mulher de candidato, a senhora não deve se expôr. Não vamos subir no palanque para repetir palavras que são ditas todas as manhãs, nos programas de televisão femininos, que são lidas todos os anos nos anúncios do Dia Internacional da Mulher. Não. O que a senhora precisa, dona Rosângela, é falar de coisas práticas. Vamos listar algumas ações que o gabinete do seu marido poderia promover. Por exemplo, todos os meses, uma verba X será destinada a comprar remédios para os postos de saúde da sua zona eleitoral.

– O gabinete tem um orçamento apertado. Não podemos desviar um centavo.

– O senhor é quem, mesmo?

– Carvalhinho. Assessor da vereança.

– Então vamos desde já estabelecer nossos papéis, Carvalhinho. O candidato Jair procurou este escritório para traçar a estratégia da eleição, e é isso que estamos fazendo. No início trabalhávamos apenas com ele, agora contamos também com a inestimável contribuição de dona Rosângela. O senhor seria o quê? Uma terceira instância de aprovação?

– Jonas, o Carvalhinho é especialista em marketing político e irmão de dona Rosângela.

Especialista em marketing político não era a principal qualificação do baixinho. Importava Carvalhinho ser o cunhado do candidato e foi isso que Milton disse com suas palavras e com o chute que me acertou embaixo da mesa.

– Muito bem. Então eu proponho que o Carvalhinho, aqui presente, desenvolva um documento detalhado com todas as suas impressões e vivências na política. Acho que assim ele estará tendo uma ação mais efetiva na campanha.

– Jonas, a partir de agora o Carvalhinho vai trabalhar com a gente no escritório. Foi um pedido especial de dona Rosângela. Ele cuidará da candidatura do vereador a partir desta base.

Mais um chute, desta vez no fígado. Milton me comunicava a admissão de um novo funcionário em plena reunião com o novo funcionário. Para atender os desejos de dona Rosângela, ele desconsiderava os meus cinqüenta por cento de participação acionária e a nossa amizade de mais de dez anos.

Eu não tinha família para sustentar. Eu tinha pai e mãe vivos, aposentados, é verdade, mas ainda em condições de me acolher. Eu agora tinha também uma namorada que não ganhava muito em seu emprego de professora, mas que cozinhava em casa e me poupava dos gastos com restaurantes. Eu não tinha, em resumo, nenhuma razão para aceitar Carvalhinho no meu escritório.

Após um silêncio entre Milton e eu que não foi percebido pelos outros, comecei a juntar os papéis perto de mim e a preparar minha saída da sala. Para sempre.

– Ui.

– Que foi, Rosângela?

– Um chute, Jair. Um chute embaixo da mesa.

O chute destinado a mim por Milton acabava de atingir a canela da primeira-dama. Enquanto o casal e seu assessor tentavam identificar a origem da agressão, saí da sala acompanhado pelo olhar do meu sócio.

Seria melhor dizer ex-sócio.

Estava eliminando os vestígios da minha longa passagem pelo que até há pouco era a minha vida, quando Milton entrou.

– Não foi tão grave assim, Jonas.

– Não perca seu tempo comigo, Milton. Acabou e pronto. Aliás, é ótima a sensação de acabar com alguma coisa que não estava me fazendo bem. Não estrague este momento.

– Carvalhinho só fica no escritório até a eleição. Depois volta tudo ao normal.

– Fique com Carvalhinho, Milton. Quem sabe ele indica outros políticos e você pode se especializar nisso. Peguem a minha sala, usem o meu computador, consultem os meus livros. É tudo de vocês.

– Jonas, a gente investiu tanto neste escritório.

– Eu venho buscar a minha parte. Vou marcar com o doutor Renoar amanhã.

O advogado do escritório, doutor Renoar, tinha por pai um amante das artes que batizou cada filho com o sobrenome de um pintor importante: Monet, Velásquez, Rembrandt e, a única mulher, Manet, uma licença que jamais pretendeu levantar qualquer suspeita sobre seu inspirador. Nosso advogado nasceu Renoir, mas cansou de ter seu nome pronunciado de forma errada nas escolas, nos departamentos de crediário e nos hotéis por onde passou. Um dia, já estudante de direito, requereu em cartório a troca da letra I pela letra A e virou Renoar. Doutor Renoar. O homem que iria devolver a mim cada centavo investido na sociedade com Milton.

Milton se fechou na sala para não ver minha despedida. Eu deveria estar preocupado e infeliz, mas só conseguia me sentir leve.

Marquei com o doutor Renoar na manhã seguinte. A negociação entre Milton e eu nos deixaria frente a frente, como um casal que se divorcia. E como uma mulher que se divorcia, eu temia que ele não entrasse em acordo comigo, recorrendo infinitamente de todas as sentenças para não repassar a minha parte.

Felizmente, a lembrança de Carvalhinho me animava para a luta.

A primeira coisa que fiz foi no passar no supermercado para abastecer a geladeira. Se eu ia ficar mais tempo em casa de agora em diante, uma infra-estrutura mínima se fazia necessária. Diria a Bel para não gastar todos os gêneros em um só jantar, como ela certamente gastaria, se não fosse avisada. Teríamos que economizar agora que eu era um desempregado. Leve, mas desempregado.

– Não acredito que você largou tudo.

Assistindo televisão nua no sofá da sala, Bel lembrou das instabilidades da economia, das demissões pelo país e da política monetária internacional para me fazer acreditar que eu jamais voltaria ao mercado de trabalho.

– Eu queria rever a minha vida, Bel. O Carvalhinho foi só o empurrão.

– E que empurrão, Jonas. Lá se foi você, precipício abaixo.

Preferi sair antes de me render ao comportamento-padrão de tantos desempregados, beber e bater na mulher, talvez não nessa ordem. A sorte da Bel era ser muito maior do que eu.

O que um sujeito que acabou de desmanchar uma sociedade faz às dezenove horas de uma terça-feira? Ouve

A Voz do Brasil em um bar, como eu nesse momento. Júlia tinha acabado com as minhas chances de procurar Nelson para desabafar. Ela me atrapalhava todas as noites, com seus gemidos no apartamento ao lado, e continuava atrapalhando no resto do tempo, com sua interferência na minha amizade com Nelson.

Logo cansei de culpar Júlia pelas minhas desgraças. Eu tinha entrado no pior bar, nenhuma mulher à vista e muitos homens de idades indefinidas bebendo sozinhos nas mesas. Preferi voltar para casa. Se Bel continuasse insistindo no meu fracasso, eu atiraria seu corpão nu pela janela e não gostaria de ser um transeunte passando pela calçada, nesse momento.

Ela provavelmente caminharia de costas até o portão de entrada, se eu não a tivesse visto.

– Eu disse que nos encontraríamos de novo, Júlia.

– Você tem compromisso para amanhã?

Em alguns segundos eu estava convidado, junto com a Bel, para uma festa de aniversário na casa do irmão de Júlia. Pensei em recusar, mas não tinha um motivo forte o bastante para isso. Ao menos seria algo diferente na minha rotina de desempregado, que, cinco horas depois de estabelecida, já parecia insuportável.

– Eu na casa do irmão daquela perua do shopping? Mas não mesmo, Jonas.

Pensando bem, eu tinha um grande obstáculo para ir ao aniversário do irmão de Júlia.

Bel.

O FINAL SEGUNDO JÚLIA

Era uma reunião de pessoas improváveis por um motivo improvável, o aniversário de um desconhecido. E ninguém parecia se importar com isso.

Preta e Ronnie foram os primeiros, exatamente quando meu irmão saía do banho. Eu preparava os patês na cozinha e tinha esquecido de avisar a Gus que eles viriam.

– Pois não?

– A Júlia está?

– Sim, na cozinha. Júlia, visitas.

– Eu sou Ronnie e esta é minha mulher, Preta. Júlia nos convidou.

– Prazer, eu sou o aniversariante.

– Prazer e felicidades. Júlia não disse que era tipo festa do cabide.

Ao ver Gus enrolado em uma toalha, Preta provavelmente pensou que eu os havia atraído para uma orgia em família.

– Nada de pânico, Preta, meu irmão só estava saindo do banho. Entrem, vamos.

Enquanto ele se vestia no quarto, Preta e eu aprontamos a comida.

– Sabe, Preta, preciso agradecer a você e Ronnie. Naquela noite, no Papo's, conheci um cara maravilhoso.

– Sério? Que bacana, Júlia. Quem sabe agora você dá mais sorte.

O porteiro eletrônico anunciou mais um convidado. Nelson. Eu poderia vê-lo vinte vezes por dia e em todas sentiria a mesma felicidade fácil, que vinha de repente e pronto, sem eu ter que matar alguns leões para ela chegar. Esta era uma grande novidade para mim.

– Gus, este é Nelson.

– Grande cunhado.

Gus sempre chamou todos os homens que viu comigo de Grande Cunhado, do zelador que consertava vazamentos ao entregador de gás, passando pelos casos, enganos e namorados. Apresentei Preta e Ronnie a Nelson e, na medida do possível, aquele grupo impossível foi estabelecendo relações.

– Não perco o que você escreve na coluna, Nelson. Suas críticas foram responsáveis por muitos dos filmes que eu não vi.

– Agora que eu reconheci. Você é o Nelson Moreno, do jornal. Rápido, sem pensar muito, faça a sua lista dos dez melhores filmes de todos os tempos.

A pergunta de Preta conduziu a reunião para o assunto cinema. Falando de atores e atrizes, de trilhas sonoras inesquecíveis e dos filmes que levariam para uma ilha deserta, ficamos todos íntimos em poucos minutos.

– Agora conte, Nelsinho. Nessas pré-estréias e tal, você já comeu alguma atriz famosa? Também vale figurante.

Meus amigos estavam à vontade e mesmo Gus parecia menos triste, embora não parasse de acariciar o enorme Cora que trazia tatuado no tórax. Um novo toque de campainha e logo Jonas e sua namorada atiradora de disco se juntavam a nós.

– Jonas, este é o aniversariante, meu irmão Gus. Gus, este é Jonas e a namorada dele. Desculpe, esqueci seu nome.

– Bel. Feliz aniversário, Gus.

Bel abraçou Gus com força e fez questão de beijálo no rosto por quatro vezes.

– São três beijos para casar e quatro para não casar com lésbica.

A presença de Jonas tirou boa parte da minha naturalidade. Eu sabia que ele observava tudo o que eu fazia com Nelson. Se bebia no mesmo copo, se mordia o mesmo salgadinho, se sentava na mesma cadeira onde mal cabia um e outras coisas do gênero, típicas dos enamorados. Jonas interrompia meus assuntos com Nelson nos momentos mais inoportunos e eu quase achava que ele agia assim de propósito.

– Ei, vocês dois. Quando pararem de se beijar, eu gostaria de falar o que me aconteceu hoje.

Parei de beijar Nelson para ouvir sobre a sociedade desfeita de Jonas. Uma mudança de rumo profissional que eu estava cada vez mais perto de experimentar.

– Nelson, se der uma brecha nesse agarramento, vamos combinar um futebol com os caras do prédio. O gordo Adilson não pára de nos convidar.

E Nelson parava de me beijar para combinar um futebol com o gordo Adilson. Algo que, Deus me permitindo, eu jamais iria experimentar.

As constantes interrupções de Jonas mostravam também o quanto ele estava sozinho na festa. Bel havia cantado o Parabéns a Você à capela para homenagear Gus e em seguida sentou com ele na cozinha, de onde os dois não saíram mais. Quando Nelson e eu decidimos ir embora, Preta, Ronnie e Jonas levantaram também. Bel continuou conversando com Gus, alheia ao namorado que caminhava em direção à porta.

– Desculpem, mas nós já vamos.

– Tão cedo? Ainda tem muita cerveja na geladeira.

– Amanhã todo mundo acorda cedo, Gus. Você não vem, Bel?

A garota foi, mas via-se que não tinha gostado da idéia. O elevador ficou lotado, dois casais trocando gentilezas e Jonas, que não esperou Bel se despedir de Gus para descer.

– A próxima dessas vai ser lá em casa. No aniversário do Ronnie.

– Meu aniversário foi em abril, Preta. Já passou.

– Então vai ser no aniversário do Israel, pronto. Vocês gostam de festa de criança?

Nos despedimos de Jonas e, pelo espelho da portaria, vi Bel passando reto pela mão que Jonas deixou esperando por ela. Eu sentia por Jonas, mas tudo indicava que Bel tinha deixado marcas no coração abandonado do meu irmão. E, eu apostava, em breve deixaria também uma tatuagem.

Cruzei com Jonas na garagem, na manhã seguinte. Encontrá-lo estava se tornando um hábito matinal, como escovar os dentes e tomar café.

– É meu último convite, Júlia. Você almoça comigo hoje e não se fala mais nisso.

– Certo, Jonas, vamos almoçar. Você me pega ao meio-dia e não se fala mais nisso.

– Você não vai acreditar, a Bel foi embora. Ontem mesmo, depois da festa. Disse que não queria alguém que estava com ela só para não ficar sozinho. Para ser sincero, Júlia, eu ando precisando desafabar.

Eu ouviria os desabafos de Jonas menos por vontade que por culpa. Tinha certeza de que Gus era de alguma forma responsável pela partida de Bel. Grande idéia a minha, convidar Jonas e Bel para o aniversário do meu irmão.

– Às duas começa uma pesquisa que eu preciso acompanhar. Não se atrase, Jonas.

Já estava entrando no carro quando ele falou.

– Pensando bem, Júlia, Nelson foi quem terminou melhor nessa história. Quem terminou com você.

Eu sempre tive um problema sério, dificuldade de desprezar ou ignorar pessoas que demonstrassem alguma consideração por mim. Mesmo havendo essas pessoas me desprezado ou ignorado em outros momentos da minha vida.

– Ninguém sabe o que ainda pode acontecer, Jonas.

Eu sabia que não aconteceria nada e esperava que não acontecesse nunca, do jeito como eu gostava de Nelson. Mas não custava manter Jonas como uma reserva sentimental, espécie de poupança amorosa para uma emergência. Todas as mulheres faziam isso, deixando uma esperança aqui e outra ali com o colega da faculdade cheio de espinhas ou o amigo do escritório que usa peruca. Tipos sem chance alguma, conservados com um sorriso ou uma palavra para casos de restauração de autoestima e solidão no sábado à noite. Estranho era manter na minha reserva o cara que me negou uma chance.

Mas ninguém sabe o que ainda pode acontecer.

O FINAL SEGUNDO JONAS

– Vamos ver se você me ajuda, Bel. É importante para mim ir ao aniversário do irmão de Júlia. Eu preciso estabelecer contatos, entende? Agora é hora de fazer amigos e influenciar pessoas. Mais ou menos isso.

– Essa Júlia é apaixonada por você.

– Belzinha, a Júlia é namorada do Nelson, meu melhor amigo. Ela não quer nada comigo.

– Se não quer, já quis.

Talvez sim, Bel, mas isso foi há muito tempo, antes mesmo de eu conhecer você. Agora Júlia sentia por mim a mesma atração que devia sentir pelo nosso porteiro, seu Valdoir, com a diferença de cumprimentá-lo mais efusivamente que a mim.

Na manhã seguinte, parte da estratégia de convencer Bel a me acompanhar ao aniversário, deixei-a na escola onde ela cuidava das crianças do jardim-de-infância. Meu encontro com o doutor Renoar para tratar da dissolução da sociedade com Milton seria mais tarde, às onze. Estacionei na frente da escola da Bel e fiquei lendo o jornal, para evitar a tentação de entrar em um café e beber uma xícara atrás da outra. Preço de cada cafezinho: um e oitenta. Caro demais enquanto eu não soubesse como continuar pagando minhas contas.

Parado no portão da escola, eu via Bel recebendo no colo suas crianças. O contraste de tamanho entre os pequenos alunos e a professora era impressionante. Uma mão da Bel valia o tórax de um gordinho e um franzino inteiro. As crianças pareciam adorar aquela desproporção e se perdiam no corpo da Bel assim como eu havia feito, algumas horas atrás.

Perto das dez cansei de reler o jornal dentro do carro e fui para o escritório do doutor Renoar. A escola da Bel ficava em um bairro distante e eu não queria me atrasar. Saindo cedo, chegaria ao escritório do advogado pouco antes do horário combinado, com o trânsito pesado que certamente pegaria pelo caminho.

Nenhum congestionamento. Cheguei em dez minutos ou uma hora e dez minutos adiantado para a reunião. Antes de eu me tornar um desempregado, meu tempo não parecia suficiente para nada. Agora ele sobrava, aumentava, se multiplicava. Eu estava desempregado há menos de um dia e não agüentava mais tanto ócio.

– Entre em uma academia, Jonas. Homens ficam lindos com os músculos definidos.

Ignorei o conselho da Bel. Se eu não exercitei a musculatura em todos os meus anos de sócio de um escritório de relações-públicas, não seria agora, sem trabalho algum, que iria pagar um personal trainer para virar Mister Universo.

Quanto ganharia um Mister Universo? Pensando bem, talvez eu devesse considerar esta hipótese.

Milton chegou ao escritório pontualmente, como era do seu estilo, e me olhou magoado como uma mulher a quem o marido está acusando de adultério na frente do juiz.

– Bom-dia, Milton. Olhe, isso não é contra você. Uma vez que eu decidi sair, preciso levar o que é meu.

Milton sentou em frente ao doutor Renoar sem me dirigir a palavra. O advogado expôs o caso como se nós dois, os envolvidos, não tivéssemos conhecimento da causa. No final, perguntou se havia alguma chance de conciliação dos nossos interesses. Eu, que sempre fui fanático por livros e filmes de tribunal, vi ali a chance de brilhar, ainda que para uma restrita platéia de dois ouvintes.

– Milton, doutor Renoar. Eu gostaria de relatar a situação que me levou ao pedido de dissolução da sociedade.

Minha assistência se acomodou melhor nas poltronas e eu tomei de vez a palavra, disposto a demorar para devolvê-la.

– Quando tudo começou, Milton e eu éramos dois jovens e idealistas aspirantes a médicos que passamos em segunda opção no vestibular para relações-públicas. E nos tornamos dois jovens e idealistas estudantes de RP. Durante toda a faculdade, sonhamos juntos em construir a imagem de estrelas de cinemas, cantores de rock, corporações, grandes eventos. O dia-a-dia mostrou o nosso equívoco. Trabalhávamos para pequenas empresas e pequenos negócios. Nenhum glamour, mas as coisas iam relativamente bem. As desavenças entre Milton e eu, no entanto, sempre existiram. Entre o faturamento e a qualidade, Milton jamais deixou de optar pelo primeiro.

– Assim você me ofende, Jonas.

– Mas eu concordava com isso, Milton. Como você sempre disse, alguém tinha que ganhar dinheiro naquele escritório. Eu só não concordava com os seus métodos. No aniversário de um ano de Sofia, filha do meu ex-sócio, ele convidou um cliente que estávamos prospectando para a festa. Na ocasião, Sofia não falava papai, nem mamãe. Milton então ensinou a criança a falar o nome do cliente para comovê-lo a entregar a conta para o nosso escritório.

– Foi uma coincidência, Jonas. Sofia aprendeu a dizer doutor Atalíbio sozinha.

– O que Milton fazia com a própria filha não me diria respeito se as bajulações dele não interferissem no nosso trabalho. Eu não havia passado em segunda opção no vestibular para ser um puxa-saco de cliente. O meu descontentamento chegou ao limite com a entrada das contas políticas, como Milton chamou. Nós hoje temos objetivos diversos, doutor Renoar, e os meus ainda são os de antes, do início. Construir a imagem de estrelas de cinema, cantores de rock, corporações, grandes eventos.

Nossas diferenças eram muitas para que eu voltasse atrás. A sociedade acabou com quatro parcelas a serem depositadas mensalmente na minha conta e um aperto de mãos protocolar.

Os quatro meses de rendimentos garantidos me deixaram mais tranqüilo por algumas horas. Comprei até uma blusa para Bel ir ao aniversário. Levei o tamanho quarenta e dois, mesmo acreditando que Bel não entraria em nada menor que um número quarenta e oito. Mas eu jamais seria indelicado a ponto de presentear uma garota com uma roupa extra large.

Bel acabou me acompanhando docilmente à festa, espremida na sua blusa nova.

– Toque a campainha, Jonas. Eu não estou conseguindo levantar o braço.

Fomos os últimos a chegar e Júlia tratou de fazer as apresentações.

– Jonas, este é o aniversariante, meu irmão Gus. Gus, este é Jonas e a namorada dele. Desculpe, esqueci seu nome.

– Bel. Feliz aniversário, Gus.

Ela abraçou Gus com força e fez questão de beijá-lo no rosto por quatro vezes, repetindo o que sempre dizia, quando beijava alguém.

– São três beijos para casar e quatro para não casar com lésbica.

Bel cantou o Parabéns a Você à capela para homenagear o irmão de Júlia. Foi bastante aplaudida. Em seguida sentou na cozinha com o aniversariante, para ficar mais perto dos salgadinhos, segundo me disse. Um observador desavisado, ao vê-la conversando e comendo canapés com igual intimidade, pensaria que ela era uma antiga freqüentadora da casa.

O outro casal presente, um cara de cavanhaque chamado Ronnie e uma loira chamada Preta, assistiam a um documentário sobre focas no Discovery Channel. Júlia e Nelson, que deveriam ser os meus elos de ligação com tudo aquilo, estavam entretidos demais com eles mesmos para me dispensarem alguma atenção.

– Ei, vocês dois. Quando pararem de se beijar, eu gostaria de falar o que me aconteceu hoje.

Contei a história da sociedade desfeita com riqueza de detalhes. Eu podia apostar que Júlia e Nelson voltariam para seus beijos tão logo eu terminasse minha história.

– Nelson, se der uma brecha nesse agarramento, vamos combinar um futebol com os caras do prédio. O gordo Adilson não pára de nos convidar.

Considerando que Bel não saía do lado de Gus, eu era o único solitário em um evento de casais. Agora eu entendia como as garotas que não eram tiradas para dançar se sentiam.

Quando Júlia e Nelson decidiram ir embora, Preta, Ronnie e eu levantamos também. Bel continuou conversando com Gus na cozinha, mesmo que eu já caminhasse em direção à porta. Talvez com pena de mim, Júlia interrompeu os dois.

– Desculpem, mas nós já vamos.

– Tão cedo? Ainda tem muita cerveja na geladeira.

– Amanhã todo mundo acorda cedo, Gus. Você não vem, Bel?

Não esperei por ela. Entrei com os outros casais no elevador e estipulei cinco minutos, não mais que isso, para Bel aparecer na portaria. Ainda precisei disfarçar meu humor sorrindo com conversas que não queria escutar.

– A próxima dessas vai ser no nosso apartamento. No aniversário do Ronnie.

– Meu aniversário foi em abril, Preta. Já passou.

– Então vai ser no aniversário do Israel, pronto. Vocês gostam de festa de criança?

Bel chegou faltando quatro segundos para o seu prazo acabar, estranhamente calada. Passou por mim sem ver a mão que eu estendia.

Depois, mais uma vez, a surpresa.

– Eu vou para a minha casa, Jonas.

– Para a sua casa, Bel? A esta hora? Você pode me dizer o que aconteceu?

– Um cara me tratou como se não fosse um favor ficar comigo.

– O irmão de Júlia.

– Como você sabe?

– Você não percebeu, Bel, mas eu também estava naquela festa.

Ela falou muitas coisas, todas sobre a diferença de conhecer alguém que não havia ficado com ela apenas por estar sozinho.

– Você acha que eu fiz isso, Bel?

– Você acha que eu não sabia, Jonas?

Eu nunca fui um canalha, no máximo, um sujeito normal. Lembrei de todas as minhas tentativas frustradas para substituir Bel e não discuti. Eu estava com ela, sim, por me encontrar momentaneamente sem alternativa. Mas também estava sendo um bom e fiel namorado e, até algumas horas atrás, era isso que Bel queria.

– Na verdade, Jonas, eu também estou com você para não ficar sozinha. Não fosse assim e eu nunca teria voltado, depois de você me mandar embora tantas vezes. É chato ser sozinha, Jonas. Se eu não soubesse que Gus iria me apoiar, com certeza continuaria aqui até você me mandar embora novamente.

O irmão de Júlia havia cooptado minha namorada para a causa da auto-estima recuperada em uma noite e debaixo dos meus próprios olhos. Um psiquiatra levaria pelo menos dez anos para fazer o mesmo. Aceitei a partida da Bel sem dramas. Já que eu havia decidido mudar, começaria uma nova fase sem emprego e sem mulher.

Mais animador, impossível.

Acompanhei Bel até o táxi e acomodei eu mesmo suas sacolas e o computador no porta-malas. Ela me abraçou sem forçar os peitos contra o meu rosto e me beijou na testa. Era realmente o fim.

Levantei cedo por costume e acabei encontrando Júlia na garagem. Vê-la tão logo eu saía da cama estava virando um hábito matinal, como mijar ou tomar uma coca. Eu precisava conversar e ela havia me entendido como ninguém, um dia. Não custava tentar mais uma vez.

– É meu último convite, Júlia. Você almoça comigo hoje e não se fala mais nisso.

– Certo, Jonas, vamos almoçar. Você me pega ao meio-dia e não se fala mais nisso.

Uma nova fase ia começar, eu podia sentir. Júlia aceitar o meu convite era um indício. Nelson não se importaria, pelo menos enquanto tudo se resumisse a almoços e telefonemas. Deixaria para pensar nos desdobramentos mais tarde.

– Você não vai acreditar, a Bel foi embora. Ontem mesmo, depois da festa. Disse que não queria alguém que estava com ela só para não ficar sozinho. Para ser sincero, Júlia, eu ando precisando desafabar.

Ela falou qualquer coisa sobre uma pesquisa às duas da tarde e que eu não me atrasasse.

– Pensando bem, Júlia, Nelson foi quem terminou melhor nessa história. Quem terminou com você.

– Ninguém sabe o que ainda pode acontecer, Jonas.

Eu não tinha emprego, nem mulher, mas tinha duas horas para conversar com Júlia. Não deixava de ser uma forma de recomeçar.